Dino

In der Buchreihe „Pferde – Freunde fürs Leben“
sind bisher erschienen:

Band 1: Sternentänzer – Das Rätsel um den weißen Hengst
Band 2: Sternentänzer – Das geheimnisvolle Mädchen
Band 3: Sternentänzer – Weißer Hengst in Gefahr
Band 4: Sternentänzer – Caro unter Verdacht

Pferde

Freunde fürs Leben

Sternentänzer

Das Rätsel um den weißen Hengst

Lisa Capelli

Band 1

Dino

Die Deutsche Bibliothek – CIP-Einheitsaufnahme
Ein Titeldatensatz für diese Publikation ist bei der Deutschen Bibliothek erhältlich.

*Dieses Buch wurde auf chlorfreiem,
umweltfreundlich hergestelltem
Papier gedruckt.*

Sternentänzer, Band 1 – Das Rätsel um den weißen Hengst
2. überarbeitete Auflage

Dino ist ein Imprint der Panini Verlags GmbH.

Chefredaktion: Claudia Weber
Redaktion: Sonja Wittlinger
Redaktionelle Mitarbeit: Heike Berthold
Lektorat: Waltraud Ries
Umschlag: TAB Werbung, Stuttgart
Fotos: Juniors Tierbild; Mauritius
Satz: Greiner & Reichel, Köln
Druck: Panini S. p. A. Modena, Italien
ISBN: 3-8332-1138-5

www.panini.de

Das Rätsel um den weißen Hengst

In einer stürmischen Vollmondnacht schlägt ein Blitz in eine jahrhundertealte Eiche und eine Sternschnuppe fällt vom Himmel. Im gleichen Moment wird ein wunderschöner Schimmel mit einem kleinen schwarzen Stern auf der Stirn geboren.

Ein geheimnisvoller Neuling

Als Carolin an diesem herrlichen Sommermorgen aufwachte, wusste sie nicht, dass dieser Tag ihr ganzes Leben verändern sollte. Sie hatte Ferien, es war warm, und es war klar, was man da machte: ausreiten. Sie sprang glänzend gelaunt aus dem Bett und hüpfte rasch unter die Dusche. Dann fuhr sie einmal schnell, aber energisch, mit der Bürste durch ihr kurzes dunkles Haar. Eilig schlüpfte sie in ihre Jeans und zog ein rotes T-Shirt über den Kopf. Blitzschnell rauschte sie hinunter in die Küche – nur keine Minute verlieren!

„Hallo, Mam!" Sie drückte ihrer Mutter einen Kuss auf die Wange und machte sich hastig über ihr Müsli her.

„Morgen Schatz. Wenn du nur genauso schnell und fröhlich wärst, wenn es in die Schule geht", bemerkte Ines Baumgarten.

„Tja", seufzte Carolin und knackte ein Schoko-Flake. „Wenn die Lehrer Fell, Mähne und Hufe hätten …"

„Du und deine Pferde", lächelte Ines, zog sich im Flurspiegel die Lippen nach und knüpfte ein Tuch um ihren Hals. Im Grunde war die Mutter heilfroh über das Hobby ihrer Tochter. Die Pferde hatten sie über die Trennung ihrer Eltern hinweggetröstet.

„Ach, Schatz. Es wird spät werden heute. Wir haben noch ein Geschäftsessen. Wenn du Hunger hast, hol dir doch eine Pizza aus dem Tiefkühlfach. Und wenn was ist, ruf mich auf dem Handy an."

Carolin grinste. „Mann, Mam, was soll schon sein? Ich bin 13 und kein Baby mehr! Außerdem bleibe ich den ganzen Tag in Lindenhain." Sie wedelte mit dem Müslilöffel. „Bis später."

Der Reiterhof Lindenhain lag ungefähr eine knappe halbe Fahrrad-Stunde von dem Dörfchen Lilienthal entfernt. Hier wohnte Carolin in einer Doppelhaushälfte in der Breitensteinstraße 9. Im Garten zwei Apfelbäume, die im Herbst kleine rote Äpfel trugen. Außerdem gab es noch einen Gemüsegarten, oder das, was einmal ein Gemüsegarten war. Jetzt wuchsen dort nur ein Büschel Schnittlauch und ein paar Karotten. Ines hatte keine Zeit mehr für den Garten, seit sie den Job bei einem Rechtsanwalt hatte. Carolin lebte allein mit ihrer Mutter in der Breitensteinstraße, da ihr Vater Paul vor einem Jahr ausgezogen war. Er hatte sich in seine Sekretärin verliebt. Rosanna. Typ Tussi. Kurze Röckchen, tiefe Ausschnitte, rote Wallemähne. Es gab eine Menge Streit und Krach deswegen. Beim bloßen Gedanken an die neue Freundin ihres Vaters trat Carolin vor Wut so heftig in die Pedale, als wollte sie den Weltrekord im Schnell-Mountainbiken brechen. Erst als der

Reiterhof in Sichtweite kam, drosselte sie das Tempo. Sie verbrachte jede freie Minute in Lindenhain und in den Ferien durfte sie manchmal auch länger bleiben. Ihre Mutter wusste, dass sie dort gut aufgehoben war. Der Hof war wie eine zweite Heimat für sie. Oben auf einem Hügel zwischen großen alten Linden lag er: Ein lang gestreckter hellgelber Stall mit blauen Türen, einem Auslauf davor und der Reithalle, einem weißen Gebäude. Ein großer Paddock mit einem blauen Holzzaun und ein Reitplatz gehörten auch noch dazu. Einen kleinen Tümpel gab's zudem, in dem unzählige Kaulquappen und Krötenlarven schwammen und eine Holzbank unter einer dicken alten Linde. Hier legte die Hofkatze Eulalia mit Vorliebe ihre „Geschenke" ab: Mäuse, kleine Ratten und anderes Getier. Frisch erlegt und blutig. Als Carolin völlig außer Atem auf dem Reiterhof um die Ecke bog, winkte ihr Nick schon freudig entgegen. Seine kurzen, hellblonden Haare leuchteten in der Sonne. Seine samtbraunen Augen, in denen für gewöhnlich ein ironisches Lächeln lauerte, blitzten aufgeregt. Im Arm hielt er einen Korb, in dem Striegel, Kamm und Lappen lagen, sein dunkelblauer Overall stand vor Dreck.

Der Achtzehnjährige war Lindenhains Mann für alles. Er gab Reitunterricht, versorgte die Pferde, kümmerte sich um alle anfallenden Arbeiten und war Schwarm aller Mädchen. Carolin mochte Nick. Er war wie ein älterer Bruder für sie.

„Hi Caro! Schau dir mal unseren Neuzugang an: Ist das nicht ein traumhaft schönes Pferd?" Nick wies mit dem Zeigefinger auf den Reitplatz. Vorne trabten ein paar Pferde im Kreis. Immer rundherum. Die Schweife wehten, ein Pferd wieherte laut. Ganz hinten in der Ecke stand ein Schimmel. Sein helles Fell glänzte wie Seide und seine Mähne glitzerte in der Sonne. Er war am Zaun festgebunden und bewegte seinen eleganten Kopf unwillig hin und her.

„Ein Araber“, murmelte Caro. Sie stellte verwundert fest, dass ihr Herz plötzlich ein paar Takte schneller schlug. Schnell stellte sie das Bike ab und lief zum Reitplatz. Kurz vor dem Zaun blieb sie einen Moment stehen. Ein merkwürdiges Gefühl überkam sie beim Anblick des Pferdes. Es war sonnenwarm, doch sie fühlte Gänsehaut auf ihren Armen. Wie in Trance schritt sie dann auf das Pferd zu. Der Araberhengst spitzte die Ohren und sah Carolin mit stolzem Blick entgegen. Seine Augen unter dem langen Schopf waren dunkel und geheimnisvoll.

„Hallo“. Sie näherte sich vorsichtig und strich dem Tier sachte über die Nüstern. „Bist du ein schöner Kerl“, wisperte sie. In diesem Moment trat ein Mann aus dem Stall und marschierte mit großen Schritten Richtung Reitplatz. Er war groß und wuchtig, trug eine dunkelbraune Cordhose und einen dunkelbraunen Pullover. Dunkle Haare vervollständigten den düsteren Eindruck. Er schaute Carolin sehr unfreundlich an. Sie hatte ihn noch nie zuvor auf dem Reiterhof gesehen.

„He! Du! Was fällt dir ein, mein Pferd anzufassen?“, herrschte er sie böse schon von weitem an. Erschrocken zog Carolin die Hand weg und sah den seltsamen Mann irritiert an. *Warum regt der sich bloß so auf?*

„Ich … ich wollte doch nur …“, stammelte sie.

„Ich mag es nicht, wenn fremde Leute mein Pferd streicheln! Merk dir das gefälligst!“, fuhr er sie an, band das Pferd los und führte es eilig in den Stall.

„Was ist denn mit dem los?“ Carolin wandte sich ratlos an Nick, aber der zuckte nur die Schultern.

„Keine Ahnung.“

„Es ist doch das Normalste der Welt, ein Pferd zu streicheln. Vor allem, wenn es so wunderschön ist!“

„Frank Stone, ziemlich komischer Kauz“, nickte Nick. „Aber sei nicht traurig. Der Typ kann sein Pferd schließlich nicht Tag und Nacht bewachen.“ Er grinste. „Deine Chance, Sternentänzer kennen zu lernen, kommt schon noch.“

„Sternentänzer“, wiederholte Carolin andächtig und spürte wieder ein merkwürdiges Kribbeln im Bauch.

Nick knuffte sie in die Seite. „Was ist, wollen wir ausreiten?“

Da ließ sich Carolin nicht lange bitten und folgte Nick in den Stall. Dort war es dunkel, verglichen mit dem Sonnenschein draußen, aber die Augen gewöhnten sich schnell an die Dunkelheit. Die Pferde standen in ihren Boxen auf raschelndem Stroh. Sie schlugen mit ihren Schweifen nach den fetten Fliegen, die im Stall herumbrummten. Carolin schielte durch den Stall, doch von Sternentänzer war nichts zu sehen.

„Marhaba, wie immer?“, fragte Nick und drückte Carolin Marhabas Sattel in den Arm. Carolin nickte. Marhaba war ein hübscher Brauner mit schwarzer Mähne und schwarzem Schweif. Das bravste Pferd der Welt. Außer, wenn man ihn am Bauch striegelte. Da musste man aufpassen, denn dann versuchte er immer zu zwicken. Einmal hatte er Carolin in den Arm gebissen. Hinterher hatte sie einen riesigen blauen Fleck gehabt.

„Wollen wir zum Bach runter reiten?“, fragte Nick, während er Shania sattelte.

„Klar“, nickte Carolin und drückte ihr Gesicht an Marhabas Hals. Er roch warm und gut nach Pferd. Sein Fell kitzelte in der Nase, doch Carolins Gedanken waren nicht bei Marhaba.

Heimlicher Besuch

Pünktlich um neun schoss Carolin am nächsten Morgen mit ihrem Fahrrad die Hofeinfahrt zu Lindenhain hinein. Fast wäre sie gegen einen Pferdeanhänger gekracht, der mitten im Weg geparkt hatte. Schwankend bekam sie gerade noch die Kurve. Sie stellte ihr Rad ab und lief hinüber zur Koppel. Es war ein frischer, klarer Morgen und die Sonne strahlte schon über Lindenhain. Ein paar Pferde grasten friedlich auf der Weide, schlenderten langsam und gemächlich von einem Grasbüschel zum nächsten. Der braune Marhaba, Rocco mit dem schwarzen Langhaar und den weißen Flecken, die schwarze Lilli und die kugelrunde Sophia, ein Shetlandpony mit Übergewicht. Das fünfte Pferd glänzte so weiß, dass Carolin die Augen zusammenkneifen musste, um es im grellen Sonnenlicht erkennen zu können. Es war Sternentänzer. Carolin stockte bei seinem herrlichen Anblick beinahe der Atem. Die ganze Nacht über hatte sie diesem Moment entgegengefiebert. Auf einmal setzte sich das Pferd in Bewegung. Erst in federndem Gang, dann in wieherndem Trab drehte er ein paar Runden, den Hals elegant gebeugt, den Schweif hoch aufgerichtet. Carolin hing am Gatter und sah ihm sehnsüchtig dabei zu.

„Wenn Sternentänzer jetzt den Kopf hebt und mich ansieht", murmelte sie dabei fast beschwörend, „dann werde ich bald auf ihm reiten ..." Und ganz genau in diesem Moment hob das Pferd seinen edlen Kopf und sah sie mit gespitzten Ohren an. Nur kurz. Einen Herzschlag lang, dann galoppierte es laut wiehernd mit wehender weißer Mähne davon. Carolins Herz fing an wie wild zu trommeln. Es war so gespenstisch. Fast so, als könne das Pferd ihre Gedanken lesen.

Wenn ihr etwas wirklich wichtig war, dann hatte Carolin die seltsame Angewohnheit, auf Zeichen zu achten. So in der Art: Wenn ich es schaffe, mit dem Fahrradreifen genau auf der Bordsteinkante zu fahren, dann ... Wenn die nächste Ampel grün ist, dann ... Wenn die Bahnschranke offen bleibt, dann ... Wenn Mathelehrer Westfal drei Mal hintereinander hustet, dann ... Diesmal wählte sie Eulalia als Orakel. *Wenn auf der alten Bank unter der großen Linde Geschenke liegen, dann kann ich bald auf Sternentänzer reiten.* Sie stiefelte von der Koppel herüber und wagte es kaum, auf die Holzbank zu blicken. Es war ein ausgesprochen schwieriges Orakel, das war ihr klar, denn normalerweise ging die dicke Eulalia vor allem nachts auf die Jagd. Tagsüber lümmelte sie lieber faul im Schatten herum. Aber es war ja auch ein ausgesprochen wichtiges Vorhaben. Und deswegen baute sie auch gleich vor: Das Orakel war so schwierig, dass es rein gar nichts zu bedeuten hatte, wenn es nicht gelingen sollte. Noch zwei Schritte, noch einer, jetzt musste sie vor der Bank stehen. So ganz genau wusste sie es nicht, denn sie hatte sich die Augen zugehalten. Doch dann stieß ihr Knie auf Widerstand. Augen auf und „yipiiehhh“, Carolin jubilierte. Da lag doch tatsächlich ein armes, kleines Mäuschen. *Gelungen!*, freute sich Carolin. *Ich könnte dich knutschen, Eulalia*, dachte sie. Dann schickte sie der Katze einen Handkuss hinüber in den Blumengarten neben dem Haus, wo sie zwischen Rosenstöcken, Sonnenblumen und hüfthohem Gras döste.

Mit einem zufriedenen Lächeln öffnete Carolin die Tür zum Haupthaus. Darin hatte Gunnar sein Büro. Außerdem gab es eine Art Aufenthaltsraum mit einer Kochgelegenheit. Ein Kaffeeautomat, ein Automat, voll gestopft mit Chips und Gummibären und anderen Leckereien und ein Tisch, auf dem ein paar Pferdezeitschriften lagen, standen auch darin. An den Wänden hingen goldgerahmte Urkunden, die die Pferde von Lindenhain eingeheimst hatten. Im ersten Stock waren noch ein paar Zimmer mit Betten, in denen Ferienkinder schlafen konnten. Gegenüber dem Aufenthaltsraum lag Gunnars Büro. „Gunnar Hilmer“, stand auf einem goldenen Schild eingraviert an der Tür, an die sie klopfte.

„Ja, bitte!“, brummte Gunnar. Carolin öffnete die Tür und streckte ihren Kopf ins Zimmer.

„Hi Gunnar!“

„Hm“, brummte dieser, ohne einen Blick aus seiner Fußballzeitschrift zu nehmen.

„Melde mich zum Pflegetag!“

„Alles klar.“

„Tja, dann mach ich mich mal an die Arbeit.“

„Hm.“

Gunnar Hilmer war so etwas wie der Big Boss auf Lindenhain. Geschäftsführer hieß das hochoffiziell. Er überprüfte die Termine, nahm die Anmeldungen entgegen, hockte am Telefon und kümmerte sich um den ganzen bürokratischen Kram. Die meiste Zeit aber verbrachte er mit den Füßen auf dem Schreibtisch hinter irgendeiner Sportzeitung. Mit Cowboyhut und Cowboystiefeln. Egal ob Sommer oder Winter, heiß oder kalt, Gunnar trug immer seine Cowboykluft. Sogar, wenn er sich für einen Geschäftstermin mal in einen Anzug zwingen musste. Früher soll er mal eine Werbeagentur gehabt haben, erzählte man sich. Dann, vor fünf, sechs Jahren hatte er Lindenhain übernommen. Damals war dort, wo jetzt die Halle stand, nur eine Scheune für Heu. Ansonsten gab es ein paar vergammelte Ställe und ein paar alte, abgewirtschaftete Arbeitspferde, die draußen gehalten wurden. „Den ersten Stein dieser Reithalle hab ich selbst gelegt“, erzählte Gunnar stolz jedem, der es hören wollte.

Inzwischen hatte sich Lindenhain zu einem stattlichen Reiterhof entwickelt. Im Stall standen Pferde aller Rassen, zwei Araber, ein herrlicher, golden glänzender Tekkiner-Hengst, eine dicke, alte Berberstute, die eigentlich nur für ein paar Tage auf dem Hof bleiben sollte, doch dann vom Besitzer nie wieder abgeholt wurde. Außerdem zwei Isländer und ein paar Shettys, die Gunnar aus Mitleid bei einer Auktion ersteigert hatte. Wie die dicke Sophia. Sie war nur Haut und Knochen, als Gunnar sie kaufte. Aber mittlerweile hatte sie sich kugelrund gefuttert. Außerdem gab es immer jede Menge Gastpferde auf Lindenhain, wie Sternentänzer. Einige blieben nur ein paar Wochen, andere wohnten schon jahrelang in ihren Privatställen. Und es gab Pferde wie Marhaba. Irgendein reicher Vater hatte das Pferd seiner verwöhnten Tochter zum Geburtstag geschenkt, weil sie es sich gewünscht hatte, und als Gastpferd auf Lindenhain eingestellt. Das Mädchen fiel einmal runter und hatte keine Lust mehr auf das doofe Pferd. Sie behauptete: „Das Mistvieh ist nicht zu reiten", und kam nie wieder vorbei. Der Vater auch nicht. Das war vor anderthalb Jahren. Seitdem gehörte Marhaba praktisch zu Lindenhain.

Gunnar war überhaupt eine Seele von Mensch. Seine Frau Antonia, eine resolute Italienerin, hatte ihn verlassen, weil sie eifersüchtig auf die Pferde war. Sie hatte verlangt, dass er irgendeinen Job mit geregelten Arbeitszeiten annehmen sollte. „Antonia hat ja Recht", sagte Gunnar immer. „Wer will schon einen Mann, der morgens um sechs aufstehen muss, um die Pferde zu füttern und die Ställe auszumisten?" Inzwischen gab es aber schon eine neue Frau an seiner Seite: Freundin Vicky, eine schlanke, dunkelhaarige, durchtrainierte Person, mischte auch auf Lindenhain mit. Sie war eine glänzende Reiterin und eine beliebte Lehrerin und hatte selbst mit den größten Mehlsäcken Geduld. Pflegetage mussten sein. „Erst die Arbeit, dann das Vergnügen“, predigte Ines immer. Außerdem war Reiten ein ziemlich aufwändiges Hobby und sie konnte die vielen teuren Reitstunden nicht bezahlen. Das bedeutete für Carolin: Boxen ausmisten, sauber machen, eine dicke Lage neues Stroh einstreuen, die Pferde von der Koppel holen und jedes mit einem Eimer Hafer und einem Arm voll Heu versorgen. Außerdem: Hufe auskratzen, Stirnhaare, Mähne und Schweif bürsten und die Tiere zur Reitstunde fertig machen. Anfangs hatte Carolin diese Pflegetage gehasst. Doch jetzt machten sie ihr Spaß, weil man hinterher immer das Gefühl hatte, dass den Pferden ihre neue saubere Wohnung richtig gut gefiel. Außerdem hatte ihr Nick eine Methode gezeigt, die Forke so im Halbkreis herumzuschwingen, dass sie sich leichter anfühlte, als sie war.

Carolin erinnerte sich noch an ihr erstes Mal vor inzwischen fast zwei Jahren: Am Schluss konnte sie kaum noch Kardätsche und Striegel halten, so lahm waren ihre Arme. Tagelang hatte sie einen so gemeinen Muskelkater, dass sie ihren Frühstückskakao mit dem Strohhalm trinken musste. Am schwierigsten war es, durch die struppigen Mähnen zu kommen. Einen Augenblick lang war sie nahe dran gewesen, aufzugeben und die Mähnen einfach abzuschneiden. Inzwischen aber liebte Carolin die Arbeit. Normalerweise ordnete sie die Bürsten, Striegel, Kardätschen, Schwämme, Mähnenkamm und Hufkratzer hinterher sorgfältig in die Putzkiste, doch heute hatte sie keinen

Nerv. Sie hatte etwas ganz anderes im Sinn. *Einfach nur ganz schnell fertig werden und zu Sternentänzer gehen, so lange von diesem ekligen Stone noch nichts zu sehen ist!,* dachte sie und feuerte nach der Putzaktion alles achtlos in die alte Kiste. Mit der großen Gabel packte sie dann den Mist in die Schubkarre und wollte ihn noch schnell zum Misthaufen balancieren. Entschlossen fasste sie nach beiden Griffen, hob sie hoch und begann zu schieben. Sie musste höllisch aufpassen, denn es war nicht einfach, den einrädrigen Karren gleichzeitig zu schieben und im Gleichgewicht zu halten. Aber es kam natürlich, wie immer, wenn es schnell gehen soll: Es ging schief. Nach ein paar Metern bekam das wackelige Gefährt Schlagseite. Sie versuchte, die Last nach links zu verlagern, aber es war schon zu spät. Mit lautem Gepolter fiel das Ding um und die Ladung kippte auf den Weg. „Verdammter Mist!", fluchte Carolin und wischte sich mit dem Arm die Schweißperlen von der Stirn. Das Gepolter hatte Eulalia alarmiert und neugierig strich sie um ihre Beine. „Grins du nur", knurrte Carolin, nahm die Mistgabel zur Hand und begann wild fluchend den Mist wieder aufzuladen. Diesmal ging es besser. Sie schaffte es sogar, die Schubkarre über ein schwankendes Brett bergauf zu schieben, ohne dabei mit ihr in den Misthaufen zu purzeln. Nach zwei Stunden war Carolin nass geschwitzt und stank wie ein Wiedehopf. Aber sie war endlich fertig und lief hinüber zur Koppel. Marhaba und die dicke Sophia grasten immer noch friedlich vor sich hin, doch von Sternentänzer war nichts mehr zu sehen. „Dann kann er eigentlich nur im Privatstall sein", murmelte Carolin.

„Unbefugten ist der Zutritt verboten", war auf einem großen Holzschild über der Außentür zu lesen. Befugt waren eigentlich nur die Pferdebesitzer, die ihre Pferde auf Lindenhain unterstellten, die Angestellten und die Mädchen, die die Pferde pflegen durften. Carolin war eines davon. Im Privatstall war alles viel schicker als im Stall des Reiterhofs. Jedes Pferd hatte eine große, sauber eingestreute Box für sich allein. Vor der Box befand sich ein länglicher Paddock, den die Vierbeiner bei offenen Türen jederzeit betreten konnten. Theoretisch. Denn viele Pferdebesitzer waren offenbar der Ansicht, dass frische Luft schädlich sein könnte und zogen ständig die Türen zu. An jeder Boxentür hing ein Namensschild, auf Messing eingraviert oder in Holz gebrannt, keine beschriebenen Papptafeln. An manchen Boxen hingen Rosetten, die die Pferde auf Turnieren gewonnen hatten. Zehn geräumige Boxen gab es, von denen im Moment sechs belegt waren. In der letzten Box stand er. Noch ohne Schild und Rosette, denn er war ja noch nicht lange in diesem Stall. Sein Name war mit Kreide an die Box geschrieben. „Sternentänzer". Weiß wie Milch, mit einer langen Mähne und einem Schweif, der fast auf dem Boden schleifte. „Hallo, du Schöner!", rief Carolin. Er drehte den Kopf zu ihr. Neugierig spitzte er die Ohren, prustete und scharrte mit dem linken Vorderbein. Vorsichtig ging sie in seine Box und streichelte seinen Kopf und die großen Nüstern. Die Stirnhaare waren weich wie Seide.

Das Fell glänzte wie Samt. „Ich bin Carolin!" Er sah sie an mit seinen großen braunen, feucht schimmernden Augen. Sein Blick ging Carolin durch und durch. *Er sieht mich an, als ob er mich kennt,* dachte sie. Sie fühlte wieder dieses merkwürdige Kribbeln, die Gänsehaut, wie bei ihrer ersten Begegnung. Aber da war noch mehr. Da war ein Zauber, der von ihm ausging. Etwas Magisches. Etwas ganz Merkwürdiges, was man nicht sehen konnte, irgendwie nur fühlen. „Du bist was ganz Besonderes, das weiß ich", murmelte sie, während sie ihn liebkoste. Sternentänzer beschnupperte sie behutsam mit seinen weichen Lippen und Nüstern, als wollte er sie näher kennen lernen, und prüfte ihren Geruch. Die feinen Tasthaare an seinem Maul zitterten. Carolin schloss die Augen und genoss die Berührung. Auf einmal legte das Pferd den Kopf entschlossen auf ihre Schulter. „Schöner Sternentänzer", murmelte sie liebevoll. Ein warmer Schauer lief über ihren Rücken und sie musste sich abstützen, um nicht das Gleichgewicht zu verlieren.

Sie war so vertieft, dass sie nicht bemerkte, wie sich jemand von hinten langsam näherte. Erst als sie eine kalte Hand auf ihrer Schulter spürte, zuckte sie zusammen. Ein eisiger Schauer lief ihr den Rücken hinunter. *Frank Stone, jetzt hat er mich erwischt!* In einer Schrecksekunde malte sie sich aus, wie Stone sie vom Hof jagte, wie sie nie wieder Lindenhain oder Sternentänzer zu Gesicht bekommen würde, wie sie …

„He, Caro, was ist denn mit dir los? Du zitterst ja wie Espenlaub!", hörte sie Nicks Stimme.

„Was?!“ Carolin fuhr herum, wich zurück und stieß dabei einen Wassereimer um, der im Weg stand. Das Wasser schwappte über Nicks dunkelbraune Lederstiefel. Er nahm seine Hand von ihrer Schulter.

„Ich wollte dich doch nur ein bisschen erschrecken!“, grinste er.

Carolin stampfte wütend mit dem Fuß auf. „Hast du auch, Blödmann! Und wie! Mann!“

Nick grinste von einem Ohr zum anderen. „Ist doch ein tolles Gefühl, wenn das Blut in den Adern gefriert, oder?“

„Keine Ahnung, ich hab noch nie in einer Tiefkühltruhe übernachtet“, knurrte Carolin.

Nick grinste. „Tja, das kommt davon, wenn man heimlich in den Ställen rumschleicht und fremde Pferde streichelt!“

Carolin sah schuldbewusst auf den Boden. „Ich konnte einfach nicht anders. Du verrätst mich doch nicht?“

Nick sah sie empört an. „Bin ich eine Petze? Nee, ich werde noch mal Gnade vor Recht ergehen lassen.“

„Danke, Nick“, sagte Carolin, verabschiedete sich und wollte wieder gehen.

„Was ist? Ich dachte, du wolltest das Wundertier mal reiten?“ Nick lehnte sich an die Box und kaute lässig auf einem Strohhalm.

Carolin sah ihn ungläubig an. „Wie: Reiten?“

„Na, aufsteigen, draufsetzen, festhalten …“

„Ich weiß, was Reiten ist!“

„Na dann los“, grinste Nick, packte Sternentänzers Sattel und wollte ihn ihr in die Hand drücken.

Carolin war zu verblüfft um zu reagieren. Der Sattel landete neben ihren Füßen im Stroh. „Und wenn er kommt? Der war so wütend. Ich hab echt Schiss vor dem Typen!“

„Er war schon da!“

„Und wenn uns jemand sieht? Und petzt? Und Gunnar?“

„Es sind nur noch Klara und Archibald da. Aber die Beiden werden morgen früh abgeholt.“

Klara mit ihren langen dürren Beinen, die aussah wie ein Storch, war keine Gefahr. Sie lächelte immer nur schüchtern und sprach nie mit jemandem. Sie gehörte zusammen mit ihrem Bruder Archibald zum festen Ferienteam auf Lindenhain. Pünktlich zu fast jedem Ferienbeginn tauchten die beiden auf. Sie kamen aus Hamburg und ihre Eltern waren froh, wenn sie die beiden abschieben konnten. Archibald war klein, rundlich und ritt sein Pferd mit mäßigem Erfolg. Er war einer der Mehlsäcke. Mit seinem Phlegma trieb er Vicky jedes Mal regelrecht zum Wahnsinn. Es machte ihm nicht einmal etwas aus, allein unter Mädchen zu reiten und dabei nicht der Beste zu sein. Er betrieb das Reiten völlig leidenschaftslos. Wahrscheinlich ritt er nur, weil er nicht daran denken musste, sein Pferd aufzutanken. Auch er war harmlos.

„Und Gunnar?“

„Nur, wenn wir ihm seine Hefte wegnehmen. Außerdem muss das Pferd ja schließlich bewegt werden, ob es diesem Herrn nun passt oder nicht! Ich kann nicht weg und soll ich vielleicht Archibald mit Sternentänzer losschicken? Das arme Tier bekäme den Schock seines Lebens!“

Carolin konnte ihr Glück immer noch nicht fassen. „Und wenn …“

„Und wenn du noch lange fragst, ist es irgendwann stockfinster draußen und du hast deine Chance verpasst. Also, mach schon!“

Carolin strahlte ihn an. „Danke, Nick!“

Ein Ritt wie auf Wolken

Wenig später ritt sie mit Sternentänzer über den gepflasterten Hof, dann die Auffahrt entlang. Sie überquerten die Landstraße und bogen in einen breiten Feldweg ein, der schnurgerade zwischen Maisfeldern bis in den Wald hinein verlief. Carolin klopfte Sternentänzer auf den Hals und genoss es, auf seinem Rücken zu sitzen. Es war ein merkwürdiges Gefühl. Fremd und vertraut zugleich. Und unglaublich. *Wenn ich eine Hand frei hätte, müsste ich mich glatt in den Arm zwicken*, dachte sie. Er ging direkt in Galopp. Galoppierte wie von selbst.

„Los, Sternentänzer", feuerte sie ihn an und beugte sich über den Pferdehals. Als er noch schneller jagte, schlug ihr die lange, dichte, milchweiße Mähne ins Gesicht. Herrlich! „Juhuhuhu!" Carolin quiekte vor Vergnügen. „Yipieeehhhh!! Schneller! Lauf!" Sie jagten den kleinen Waldweg zwischen Birken und Haselnusssträuchern entlang, der an einem kleinen See vorbeiführte. Dann durchquerten sie einen Buchenwald mit hohen, alten Bäumen und bogen anschließend in einen Feldweg ein, der sich an mehreren Koppeln vorbei bis hin zum Reiterhof schlängelte. Sternentänzer lief so weich und leicht, dass es sich anfühlte, als würde er fliegen. Carolin war erfüllt von einem kribbelnden, freudigen Gefühl der Freiheit. Der Wind peitschte ihr ins Gesicht und die Hufe donnerten über den Boden. Sie war noch nie so schnell geritten. Es war unbeschreiblich schön. Fast unwirklich. Es gab kein Vorher, kein Nachher, nur ein Jetzt. Noch nie zuvor hatte sie sich so frei gefühlt.

Nach dem Ausritt blieb sie noch lange bei Sternentänzer in der Box. Zuerst machte sie sich über seine Hufe her, kratzte die Erdklumpen und Steinchen raus, die sich während des Ausritts hineingedrückt hatten. Dann schabte sie den Schmutz ab, der sich außen festgesetzt hatte. Mit dem Striegel strich sie mit kreisenden Bewegungen über sein Fell und bearbeitete es gleichzeitig mit der Kardätsche. Dabei blickte sie ihm in die dunklen Augen. Da machte er seinen Hals lang und streckte die Oberlippe genüsslich nach vorne. „Hab ich deine Lieblingsstelle gefunden, mein Schöner", flüsterte sie kichernd in seine weichen Ohren.

Dann bürstete sie Mähne und Schweif behutsam mit der Babybürste, bis sie glänzten. Sie schlang ihre Arme um seinen Hals und fühlte ein ganz warmes Gefühl in ihrem Bauch. Aber nicht nur das. Gleichzeitig war da auch ein merkwürdiges Kribbeln. Ein umgekehrtes saure-Gummihering-Gefühl. Man beißt rein und die Gummiteile sind so sauer, dass man sie am liebsten gleich wieder ausspucken möchte. Doch nach einer Weile schmecken sie so lecker, dass man gleich danach das zweite nachschiebt. Was Carolin jedoch nicht wusste: Dieses merkwürdige Kribbeln war eine Warnung vor dem, was kommen sollte …

Vom Kirchturm schlug es sechs, als sie am Abend durch Lilienthal zurück nach Hause radelte. Viel gab es da nicht in Lilienthal. Eine Kirche mit Pfarrhaus, neben der Dorfstraße ein Wirtshaus mit Kastanien und grün gestrichenem Zaun. Ein paar Dutzend Häuser mit Holzbalkonen und Gärten, eine Tankstelle, daneben die Bushaltestelle. Den Bäcker Bauer, die Metzgerei Hermann, einen Tante-Emma-Laden mit Zeitungen und Süßigkeiten, der gleichzeitig als Lotto-Annahmestelle und Post diente. Eine Pizzeria, ein Café, einen Chinesen, einen Supermarkt und seit neuestem die Boutique von Ines' Freundin Florentine, „Chez Florentine“. Am Abend nach neun wurden in Lilienthal die Bürgersteige hochgeklappt. Für die Schule hatte es im Dorf keinen Platz mehr gegeben, der rote Backsteinbau der Friedrich-Schiller-Schule stand in der nächsten Ortschaft. Eine gute halbe Stunde mit dem Rad, zehn Minuten mit dem Schulbus. Carolin mochte Lilienthal, sie vermisste nichts und war heilfroh, dass sie auf dem Land wohnte. Sie hasste die Großstadt, die vielen Autos, die schmutzige Luft, die hektischen Menschen, den Asphalt, der ganz schlecht für die Hufe der Pferde war. Das Beste an Lilienthal aber war, dass es rund um das Dorf jede Menge Wälder, Feldwege und ausgedehnte Wiesen gab, wo man herrlich ausreiten konnte.

Als Carolin an diesem Abend nach Hause kam, fühlte sie sich immer noch, als würde sie schweben. „Mam, wo bist du?", brüllte sie gleich, als sie die Haustür aufschloss. „Ich muss dir was wahnsinnig Tolles erzählen! Es ist was ganz Unglaubliches passiert!"

„Hier bin ich!" Vom Wohnzimmer aus kam ihr Ines auf hohen Schuhen entgegengestöckelt. Carolin wunderte sich jedes Mal wieder, wie ihre Mutter es schaffte, auf diesen halsbrecherischen Absätzen zu gehen ohne das Gleichgewicht zu verlieren und nach vorne zu kippen. Das Wohnzimmer war immer sehr ordentlich aufgeräumt. Mitten im Zimmer stand eine wuchtige Ledersitzgruppe mit einem runden Tisch aus Eichenholz, auf dem Tisch war eine Vase mit bunten Nelken. Die Supermarktversion für ein paar Euro. Ines liebte Blumen und sie sorgte dafür, dass in der Vase immer frische standen. In der Ecke neben dem Fernseher stand ein dicker Gummibaum. Carolin konnte den Baum nicht ausstehen, ständig verlor er Blätter, ständig fing er Staub. Und wenn Ines mal wieder schlecht drauf war, wurde sie zur Baumpflege verdonnert. Die Wohnzimmereinrichtung inklusive Gummibaum war noch eine Hinterlassenschaft von Paul. Familienerbstücke. *Bin mal gespannt, wann er die abholt und zu seiner Rosanna schleppt*, dachte Carolin manchmal. *Und hoffentlich nimmt er seinen dämlichen Gummibaum dann auch mit!*

Zu den hohen Schuhen hatte sich Ines in ein langes schwarzes Kleid geworfen, das sich um ihre Beine schmiegte. Dieses Kleid zog sie nur an, wenn sie sich richtig fein machte.

Normalerweise hasste es Carolin, wenn ihre Mutter sich fein machte, denn das bedeutete in der Regel nichts Gutes. Ihre schulterlangen Haare lagen in großen Wellen um ihre Ohren. Normalerweise hatte Ines glattes Spaghettihaar. Ihre Wimpern sahen aus wie dicke, lange Spinnenhaare. Ihr Mund glänzte roter als die Ampel an der Ecke. Unverkennbar, Ines hatte ein Rendezvous.

„Was gibt's denn?", erkundigte sich Ines. „Ach, ich geh zum Essen aus, Schatz, das ist doch okay für dich? Ich bleib auch nicht lange weg. Ja, was wolltest du mir erzählen?"

„Aha", machte Carolin und hatte keine Lust mehr, von Sternentänzer zu erzählen. „Und mit wem gehst du essen?"

„Mit Thomas, einem Kollegen aus der Kanzlei. Er hat mich eingeladen, wir … wir müssen was Geschäftliches besprechen." Sie kramte in einer Schublade und zog einen 10-Euro-Schein heraus. „Du kannst dir ja was bestellen. Nicht schon wieder Pizza, aber vielleicht eine Lasagne und einen Salat oder so …"

„Ist gut", sagte Carolin.

„Ist gut?", wiederholte Ines und musterte ihre Tochter erstaunt.

Carolin nickte. „Kein Problem!"

„Ich komm auch nicht zu spät."

Carolin nickte wieder. „Meinetwegen."

Ines sah ihre Tochter verwundert an und schüttelte den Kopf.

Normalerweise hasste es Carolin nämlich, wenn ihre Mutter mit einem Mann zum Essen ausging, wenn sie nach Parfüm roch und erst spät am Abend zurückkam. Normalerweise überkamen sie in diesen Fällen alle möglichen Gebrechen. Normalerweise nervte sie ihre Mutter so lange, bis sie ihr den ganzen Abend schon vorher gründlich vermiest hatte. Heute nicht. Heute strahlte sie vor Glück dicke Freudenfunken.

Heute war sie die glücklichste Carolin unter den Sternen. Ihr Lächeln reichte vom einen Ende des Zimmers zum anderen, so sehr freute sie sich. Als sie schlief, sah sie ihn im Traum. Seine Hufe donnerten auf der Erde, die Mähne flog im Wind. So schön, so stark, so voller Kraft.

Der verhängnisvolle Unfall

Es war am ersten Tag nach den Ferien, als der Unfall passierte. Montag; ein total verregneter Tag. Es goß in Strömen. Hätte es nicht geregnet, wäre vielleicht alles anders gekommen. Carolin konnte es kaum erwarten, bis endlich die Glocke das Schulende einläutete. In Windeseile packte sie ihre Sachen zusammen. Den ganzen Vormittag hatte sie aus dem Fenster gesehen und gebetet, dass der Regen endlich aufhören solle, denn sie hoffte auf einen Ausritt mit Sternentänzer.

„He, Carolin, wo willst du denn so schnell hin?", rief Julia. „Wir wollten doch ein bisschen quatschen am ersten Schultag nach den Ferien!"

„Vergiss es. Die ist ein hoffnungsloser Fall. Hat doch nur ihre Pferde im Kopf", sagte die pummelige Tina und stopfte den Rest ihres Salamibrötchens von der Pause in den Mund.

„Ich glaube, Caro können wir langsam total abschreiben", nickte Heike, die gerade ihren Pferdeschwanz zusammenband und in ihrer Tasche nach einer Haarspange suchte. „Ich verstehe sie echt nicht."

„Ich auch nicht", seufzte Julia. „So wie ich sie kenne, hat sie doch sowieso die ganzen Ferien auf ihrem Reiterhof verbracht. Da könnte sie doch jetzt schon mal ein paar Minuten für ihre Freundinnen opfern!"

„Ich verstehe Carolin schon", mischte sich Luisa ein, die eigentlich ein bisschen traurig war, dass Carolin nicht auf sie gewartet hatte. „Pferde sind doch eigentlich klasse. Und Reiten auch. Ich meine, wenn man's mag!"

„Sie war nicht ein einziges Mal mit uns im Schwimmbad. Die ganzen Sommerferien lang", beschwerte sich Heike.

„Stimmt", nickte Tina. „Nicht mal zum Eisessen hatte sie Zeit."

„Fünf Mal hab ich sie angerufen, aber nie war sie da", sagte Luisa traurig. „Gegen die Pferde haben wir wohl keine Chance."

„Schon, aber es gibt ja auch noch was anderes im Leben. Jungs zum Beispiel." Julia warf ihre Haare in den Nacken. „Ihr glaubt nicht, was ich in den Ferien erlebt habe …"

„Reiten macht außerdem dicke Oberschenkel!", warf Heike noch schnell ein.

„Und schmeckt nicht mal gut", grinste Tina.

„Habt ihr gestern GZSZ gesehen?", beendete Heike schließlich das Thema.

Carolin war als Erste draußen. Noch während die Schulglocke durch die Gänge schrillte, rannte sie über den Hof. Inzwischen tröpfelte es nur noch ein bisschen. Sie warf ihre Mappe auf den Gepäckträger, sprang aufs Rad und flitzte die Straße hinunter. Wenn sie vor dem Mittagessen noch auf dem Reiterhof vorbeischauen wollte, musste sie sich beeilen. Sie mochte die anderen Mädels aus der Clique. Die eine mehr, die andere weniger. Luisa mit dem dunklen Pagenschnitt und der süßen Himmelfahrtsnase mochte sie am liebsten. Manchmal trafen sie sich zum Eisessen, gingen zusammen ins Kino, im Sommer an den See. Früher häufiger, heute seltener, denn Luisa machte sich nichts aus Pferden. Außerdem verbrachte Carolin jede freie Minute auf Lindenhain, da blieb nicht mehr viel Zeit, um Freundschaften zu pflegen. Nick war ihr Freund; die Pferde waren ihre Freunde. Früher hatte sie sich immer mal wieder mit einem Ferienkind angefreundet. Aber jetzt nicht mehr, weil diese nach ein paar Wochen sowieso wieder weg waren.

Heike war auch ganz nett. Sie hatte einen größeren Bruder, der Eishockey spielte und den alle sehr süß fanden. Vor allem Julia. Dann hatte sie noch einen Dalmatiner namens Mathilde, halblange kupferrote Haare und jede Menge Sommersprossen. Schwer zu sagen, wer mehr Punkte hatte: der Dalmatiner oder Heike. Tina war eigentlich auch schwer in Ordnung, abgesehen davon, dass sich ihr Leben vor allem um Süßigkeiten drehte. Aber es machte ihr nichts aus, pummelig zu sein und es störte sie auch überhaupt nicht, wenn die anderen ihre Witze über sie machten. Dann gab es da noch Annette, die eigentlich eher so am Rande mitlief. Groß, hager, halblange dunkle Schnittlauchhaare und Julias größter Fan. Und dann war da eben diese Julia. Tja, Julia mit den langen blonden Haaren. Ihrem Vater gehörte die Strumpffirma „Cecilia“, seit Generationen im Familienbesitz, wie Julia immer voller Stolz betonte. Jedenfalls hatten die Schlupfs – was konnte man bei dem Namen schon machen außer Strümpfe – Geld wie Heu. Und das ließ Julia so richtig raushängen. Drei Klos hatte sie daheim, drei Badezimmer und einen eigenen Fernseher mit DVD-Player. Immer hatte sie die angesagtesten Klamotten, die neuesten CDs und die beste Sportausrüstung. Eigentlich machte Julia nie Sport, doch sie hatte für jede Sportart die perfekte Ausrüstung zu Hause. Als Julia erfuhr, dass Carolin ritt, kam sie eines Tages in voller Montur in die Schule. Von der Reiterkappe bis zu den Stiefeln, alles stimmte, alles passte, sogar eine Peitsche hatte sie dabei. Nur – auf einem Pferd war sie noch nie gesessen. Zu ungemütlich, zu stressig, zu stinkig. Unter der Kappe ruiniert man sich die Frisur, mit dem Sattel die Fingernägel und der Pferdemief hängt noch tagelang in den Haaren. Sie gehörte ohnehin zu der Sorte Mädchen, für die schon ein Pickel einen mittleren Weltuntergang bedeutete. „Und überhaupt gehören Tiere in den Zoo“, fand sie. Hinter Schloss und Riegel. Aber unter der arroganten Fassade war Julia trotzdem nett.

Eigentlich waren alle Mädchen ganz nett, nur für Pferde interessierten sie sich nicht. Früher hatte Carolin noch vom Reiterhof erzählt. Doch als sie feststellen musste, dass ihre Geschichten die anderen herzlich wenig interessierten, hatte sie damit aufgehört. Auch

Carolin war bei den meisten beliebt. Die Caro mit dem Pferdefimmel nannten sie sie liebevoll.

„Du kommst gerade richtig“, begrüßte sie Nick, als sie ihr Rad in den Ständer parkte. „Die Dicke hat sich mal wieder im Schlamm gewälzt. Komm, hilf mir doch mal schnell beim Putzen!“

„Muss das sein?“ Carolin verzog das Gesicht. Sie wollte eigentlich sofort zu Sternentänzer und hatte überhaupt keine Lust, Sophia zu schrubben. Sophia, genannt die Dicke, war normalerweise ein schwarzweiß geflecktes Pony. Im Moment sah sie jedoch eher wie ein runder brauner Lehmkloß aus. Normalerweise wurden die Pferde nur einmal täglich geputzt, und zwar morgens. Aber so wie Sophia aussah … Außerdem war Sophia gar nicht so harmlos, wie sie wirkte. Sie war eines der Ponys, die Gunnar ersteigert hatte und war wohl von ihrem Vorbesitzer nicht gerade liebevoll behandelt worden. Jedenfalls biss und schlug die Gute, wenn nicht alles nach ihren Wünschen ging. Nick zwinkerte ihr schelmisch zu. „Na gut. Aber schade eigentlich. Denn ich hatte eigentlich vor, anschließend mit dir und Sternentänzer auszureiten, aber so“, er seufzte, „so wird das dann wohl leider nichts.“

„Das ist plumpe, gemeine Erpressung“, grinste Carolin und griff nach der Wurzelbürste. Eine dunkle Staubwolke stieg auf, als sie die Bürste auf Sophias Hinterteil klatschte. Carolin rümpfte die Nase. „Ihh!“ Sophia passte ihre Bemerkung wohl gar nicht, denn sie schlug mit dem Schweif um sich und traf Carolin im Gesicht. „Mann! Sophia!“ Nick hielt sich den Bauch vor Lachen. Mit gleichmäßigen Bewegungen säuberten sie das Fell des Pferdes.

„Vielen Dank für die Hilfe!“, meinte Nick, als sie beide gleichzeitig fertig waren und mit den großen Bürsten an Sophias Schweif zusammenstießen.

„Ich hatte ja wohl keine Wahl“, grinste Carolin und tat so, als würde sie mit der Wurzelbürste nach ihm schlagen.

Als sie dann endlich losritten, hatte der Regen aufgehört und die Sonne war durchgebrochen. Die Luft roch würzig nach Gras und feuchter Erde. Die Vögel sangen und die Sonnenstrahlen tauchten den Waldweg in warmes Licht.

„Pass auf die Äste auf!“, rief Nick. „Und auf den Boden, der Matsch ist tückisch!“

„Mach ich!“, antwortete Carolin und duckte sich unter einem Kiefernast hindurch, der quer über den Pfad hing. Den Kopf drückte sie gegen Sternentänzers weiße Mähne. Sie spürte, wie die Äste über ihren Rücken strichen. Es war später Nachmittag. Sie kamen an einem kleinem Bach vorbei, in dem hellgrünes, durchsichtiges Wasser floss. Am Ufer wuchsen dicht an dicht Blumen und Bäume. Nick gab auf Claudio, einem langbeinigen Wallach, das Tempo vor und Carolin raste jauchzend auf Sternentänzer hinterher. Der Weg war holprig und glitschig vom vielen Regen.

Nach einer Weile wurde der Weg ein bisschen breiter. Nick und Carolin ließen die Pferde nebeneinander gehen.

„Du reitest ihn schon verdammt gut“, sagte Nick anerkennend.

Carolin fühlte, wie ihre Ohren feuerrot wurden vor lauter Freude über das Kompliment. *Nur gut, dass Nick auf den Weg blicken muss*, dachte sie. „Danke für die Blumen.“

„Du und Sternentänzer, ihr scheint schon ein richtig eingespieltes Team zu sein“, meinte Nick dann. „Schon seltsam, nach so kurzer Zeit. Ungewöhnlich. Normalerweise müssen sich Pferd und Reiter erst aneinander gewöhnen.“

„Es ist, als würde ich Sternentänzer schon ewig reiten“, nickte Carolin. „Es war wie … wie Liebe auf den ersten Blick.“

„Ohoh! Vorsicht! Gewöhn dich besser nicht zu sehr an ihn“, warnte Nick.

„Und warum?“

„Mit diesem Stone ist nicht gut Kirschen essen – wie du ja wohl selbst gemerkt hast!“ Er sah sie nachdenklich an. „Aber weißt du, was seltsam ist?“

„Was denn?“

„Neulich, als er kam, hat Sabine, du weißt schon, das Ferienkind letzte Woche, Sternentänzer gestreichelt. Stone hat keinen Ton dazu gesagt. Eigentlich sogar ganz freundlich geguckt. Nur bei dir ist er so ausgeflippt. Irgendwie scheint der Typ ausgerechnet dich auf dem Kieker zu haben.“ Er runzelte die Stirn. „Ich frag mich echt warum?“

Stone! Seit der ersten Begegnung hatte sie ihn zum Glück nicht mehr getroffen. Den Gedanken an dieses Ekelpaket hatte sie schon völlig verdrängt. Und auch jetzt mochte sie nicht daran denken.

„Jajaja … und jetzt fang ich dich!“, rief sie und preschte jauchzend hinter Nick her.

Als es passierte, war Carolin gerade dabei, Nick einen schmalen Damm entlang hinterherzujagen. Rechts von ihnen ging es zwei Meter steil bergab, links war Wald. Sie ritt so dicht hinter Nick, dass sie das Loch erst sah, als es schon zu spät war. Claudio machte noch einen Sprung, doch Sternentänzer schaffte es nicht mehr. Er trat hinein. Er stolperte und stürzte. Carolin konnte sich nicht halten und fiel aus dem Sattel.

„Waaahhhhh!!! Hilfe!!!!!“ Sie purzelte den Abhang hinunter und blieb etwas benommen liegen. Wie aus weiter Ferne konnte sie Nicks Stimme hören. Er schrie und gestikulierte wie ein Wilder, aber sie verstand nicht, warum er so schrie und erst recht nicht, was.

Ein paar Sekunden später wusste sie es. Sie sah hoch zu Sternentänzer. Er war kurz davor, auf sie zu fallen. Er lag auf dem Rücken, direkt auf der Kante, leicht nach rechts geneigt. *Oh mein Gott, wenn er jetzt fällt, fällt er auf mich und ich bin tot,* dachte sie und starrte zitternd wie gebannt nach oben.

Aber Sternentänzer fiel nicht. Er nahm alle Kraft zusammen, gab sich einen Ruck und drehte sich unter größter Anstrengung in die andere Richtung, wobei er sich den Rücken hart an einem Baum schlug.

Gleich darauf kam Nick angeklettert, hielt ihr die

Hand hin und zog sie hoch. „Puh! Das war knapp. Unglaublich, Carolin! Das war einfach unglaublich! Tut mir Leid. Ich wollte dir helfen, aber Sternentänzer war schneller … dieser Blick … so etwas habe ich noch nie gesehen! Er war so wild entschlossen und … und voller Liebe. In den Augen des Pferdes stand Liebe! Liebe zu dir! Ich hab so was noch nie gesehen!"

Mühsam richtete sich Carolin auf. Ihr Rücken schmerzte, ihr Unterarm hatte Schürfwunden und ihr rechtes Knie brannte, aber sie war glücklich. Sternentänzer hatte ihr das Leben gerettet. Er hatte sich unter größter Anstrengung in die andere Richtung gedreht, obwohl es einfacher für ihn gewesen wäre auf sie zu fallen.

„Bist du okay?", fragte Nick besorgt.

Carolin lehnte noch ziemlich benommen an Sternentänzer. „Ich lebe; wenn du das meinst", sagte sie trocken.

„Das hätte echt übel ausgehen können! Stell dir vor, Sternentänzer wäre runtergefallen, auf dich geknallt, und …"

„Hör auf!" Carolin zitterte am ganzen Leib. Sogar ihre Zähne klapperten.

Nick blickte eine Weile versonnen auf Sternentänzer. „Weißt du, Caro, ich glaube, irgendwie ist dieses Pferd nicht ganz normal."

„Spinnst du?", empörte sich Carolin. „Was bitte soll an Sternentänzer unnormal sein! Er ist total normal!"

„Ja, sicher. Ich meine auch nicht *nicht normal*, sondern *anders* als andere Pferde."

„Natürlich! Er ist das schönste und klügste Pferd auf der ganzen Welt“, nickte Carolin. Aber sie wusste ganz genau, was Nick meinte. Er hatte nur ausgesprochen, was sie schon die ganze Zeit dachte.

Zurück auf Lindenhain verarztete Nick ihr schmerzendes Knie, schmierte Jod auf die Schürfwunden und gab ihr eine schmerzlindernde Salbe für den Rücken. Aber Carolin spürte die Schmerzen kaum. Sie war erfüllt von einem wunderschönen Gefühl. Die Bindung zwischen ihr und Sternentänzer war an diesem Tag noch enger geworden. Er war zu einem richtigen Freund geworden, zum zuverlässigsten, den sie jemals hatte.

Stiefeltern und andere Katastrophen

Am Abend hatte Ines gekocht. Richtig groß. Spargelcremesuppe, Jägerschnitzel mit Prinzessbohnen und Pommes, Erdbeer-und Bananeneis, Kiwis und Weintrauben zum Abschluss.

Carolin inspizierte die Töpfe. „Alles für mich?“

Ines strich sich mit dem Handrücken eine Haarsträhne aus dem Gesicht. „Nicht ganz. Wir bekommen Besuch.“

Für einen Moment keimte ein Hoffnungsschimmer in Carolin auf. „Paps?!“

Ines wischte sich die Hände an ihrer alle-Nudelsorten-dieser-Welt-Schürze ab und sah Carolin ernst an. „Nein, es ist nicht dein Vater. Carolin, Paps kommt nicht mehr. Er bleibt immer dein Paps, du kannst ihn besuchen, aber wir werden nicht mehr zusammenkommen.“ Etwas genervt zog sie die Augenbrauen zusammen. „Aber darüber haben wir doch schon hundert Mal diskutiert, Carolin.“

„Und wer kommt dann?“

„Ich möchte dir gerne jemanden vorstellen“, sagte Ines und ihre Augen blitzten.

„Wen denn?"

„Einen sehr netten Mann, einen Arbeitskollegen. Thomas heißt er."

Carolin zog eine Grimasse. Wenn schon Paps nicht mehr hier war, dann sollte auch kein anderer seinen Platz einnehmen. Sie beschloss schon jetzt, diesen Thomas bescheuert zu finden.

Je näher der Zeiger auf sieben rückte, desto nervöser wurde Ines. Sie rührte abwechselnd in den Töpfen und zupfte ihre Haare vor dem Spiegel zurecht. Dann fiel ihr Blick auf Carolin.

„Wie siehst du überhaupt aus? Würdest du dich bitte umziehen, man könnte meinen, du hättest dich im Schlamm gewälzt. Was hast du überhaupt mit deiner Hose gemacht? Die ist ja total zerrissen!"

„Nichts", murmelte Carolin. In der Aufregung hatte sie das Loch in der Hose ganz vergessen. Zum Glück war Ines zu beschäftigt, um nachzufragen.

Missmutig stapfte Carolin die Treppe rauf und zog ihre Jeans mit den Flicken und das alte Herrenhemd, das sie letzten Herbst auf dem Flohmarkt gekauft hatte, aus dem Schrank. Es dauerte ewig, denn sie musste auch noch den Verband um ihr Knie erneuern und die Salbe auf den Rücken schmieren. Ines hatte sie nichts von ihrem Unfall erzählt. So richtig begeistert war die ohnehin nicht davon, dass Carolin durch die Gegend ritt. Und wenn sie von dem Unfall erfuhr, würde sie das nur in ihrer Haltung bestärken. Dass sie überhaupt reiten durfte, hatte Carolin eigentlich ihrem Vater zu verdanken. Sie hatte ihn so lange genervt, bis er eines

Tages Ja gesagt und Ines überredet hatte. Als sie runterkam, war dieser Thomas schon da.

„Guten Tag!“, rief er ihr entgegen.

„Hallo“, muffelte Carolin zurück.

„Und du bist bestimmt Carolin“.

Nein, der heilige Geist, dachte Carolin, streckte ihm aber artig die Hand entgegen. Ihre schlimmsten Vorahnungen wurden bestätigt. Thomas war hager, trug einen Anzug, hatte die Haare akkurat zur Seite gekämmt und sah überhaupt irgendwie aus wie ihr Mathelehrer Herbert Westfal. *Hätte Mam auch gleich den nehmen können,* dachte Carolin. *Dann hätte ich vielleicht nie wieder Mathe pauken müssen …*

„Ich hab dir was mitgebracht“, meinte Thomas und kramte in seiner Aktentasche. Ines stand daneben und nickte hochzufrieden. *Siehst du,* sagte ihr Blick, *der ist doch toll, hat sogar was für dich dabei.* Aber was …

„Hier.“ Er zog eine verknüllte Überraschungstüte heraus. *Für Kinder ab vier Jahren* stand mit großen schwarzen Buchstaben unübersehbar geschrieben.

„Danke, sehr nett, aber ich bin nicht vier, ich bin 13.“

„Oh“, machte Thomas.

„Jetzt schau doch erst mal rein“, versuchte Ines die Situation zu retten.

Carolin riss die Tüte auf. Heraus purzelten ein paar Pokemonkarten, ein Malen-nach-Zahlen, ein Barbie-Anhänger und ein paar steinharte, runde Automaten-Kaugummis.

„Ist doch gar nicht so schlecht?“, meinte Thomas. „Vielleicht kannst du das Eine oder Andere ja doch brauchen!“

„Ganz sicher!“, nickte Carolin und beschloss, den gesamten Inhalt sofort in den Mülleimer zu kippen.

„Tja, dann wollen wir mal essen“, versuchte Ines schnell abzulenken.

„Riecht auch schon ganz vorzüglich hier“, lobte Thomas und schnupperte wie die dicke Sophia, wenn sie ein Leckerli roch.

Carolin nutzte die Gelegenheit und schlug sich den Bauch voll. So lecker hatte sie schon lange nicht mehr gegessen. Sie beobachtete Ines. Immer, wenn Thomas irgendetwas sagte, lachte sie ganz hoch und schrill oder kicherte komisch. Dauernd füllte sie seinen Teller voll und sein Glas nach.

„Können Sie …?“, fragte Carolin irgendwann in das Gekichere.

„Du kannst ruhig du zu mir sagen!“

„Können Sie reiten?“, wiederholte Carolin. *Nur keine falschen Vertrautheiten!*

Thomas sah sie an, als hätte sie gefragt, ob er im Kopfstand mit den Ohren wackeln könne. Dann schüttelte er entsetzt den Kopf. „Ich habe ein Problem mit Pferden, weißt du? Eigentlich mit allen Tieren. Ich bin allergisch gegen Tiere. Ich bekomme einen fiesen Hautausschlag und meine Augen tränen. Und gegen Milben und gegen Haustaub und gegen Blütenpollen bin ich auch allergisch. Gegen Blütenpollen aber nur im Frühjahr. Und gegen Tomaten.“

Und ich gegen dich, dachte Carolin, doch sie machte nur: „Oh".

„Aber, um auf deine Frage zurückzukommen: Reiten ist nichts für mich. Ich bevorzuge andere Pferdestärken! Lieber einen Alfa Spider als einen Araber." Er grinste über seinen Scherz.

Und auch Ines kicherte, als hätte er gerade den besten Witz der Welt gerissen.

„Wenn du willst, kann ich dich ja mal in meinem Spider von der Schule abholen. Da kannst du bestimmt Eindruck machen bei deinen Klassenkameraden."

Oh Gott, Mam, was tust du mir da an! dachte Carolin und drehte die Augen zum Himmel.

Nach dem Essen verzog sie sich sofort nach oben. Hausaufgaben machen war die offizielle Version, aber sie hatte einfach keine Lust mehr auf das blöde Gequatsche. Dieser Thomas war komplett bescheuert und sie hatte überhaupt keine Ahnung, was Ines an ihm fand.

„Na ihr Elsbeths, wie geht's euch denn so?" Sie klopfte mit einem Bleistift an das runde Marmeladenglas auf ihrem Schreibtisch, in dem ein Schwarm Kaulquappen schwamm. Die hatte sie sich zu Forschungszwecken aus dem Tümpel bei Lindenhain gefischt. Ein paar von ihnen hatten schon lange, dünne, zappelige Froschbeine. Das bildete sie sich zumindest ein. Erst wollte sie jeder einen Namen geben, doch dann hatte sie sich überlegt, dass sie sie nie im Leben würde unterscheiden können. Jetzt hießen alle einfach Elsbeth.

„Findet ihr diesen Thomas auch so doof wie ich?“, fragte sie in die Kaulquappenschar, die daraufhin zustimmend mit dem Zappelbeinen wackelte. Das bildete sie sich zumindest ein.

Dann legte sie sich aufs Bett, schloss die Augen und träumte von Sternentänzer. Wie sie zusammen über die Felder jagten und an die vielen Abenteuer, die sie gemeinsam erleben würden. *Ab sofort werde ich noch mehr Zeit auf Lindenhain verbringen und jeden Tag mit Sternentänzer zusammen sein*, beschloss sie. *Nichts kann mich daran hindern.* Doch sie sollte sich täuschen.

Am folgenden Wochenende war Carolin wieder einmal bei ihrem Vater. Es war komisch. Die ganze Woche über, wenn sie bei Ines war, fehlte er ihr unheimlich. Aber am Wochenende, wenn sie bei ihrem Paps war, hatte sie irgendwie Heimweh nach Mam. Vor allem, wenn Rosanna dabei war, was zum Glück nur bei ungefähr jedem fünften Treffen der Fall war.

Paps' Tussi rümpfte bei ihrem Anblick schon gleich die Nase. „Ihhh, wonach riechst du denn?“

„Nach Pferd wahrscheinlich“, sagte Carolin fröhlich.

„Jedenfalls stinkst du. Zieh dich besser draußen aus, ich bin allergisch gegen Pferdehaare“, zeterte Rosanna weiter.

Carolin warf ihrem Vater einen fragenden Blick zu. Doch der zuckte nur die Schultern. *Tu, was sie sagt. Sie hat hier die Hosen an,* sagte sein Blick. Also entblätterte sich Carolin vor der Wohnungstür. Sie fror, kam sich ziemlich dämlich vor und schwor sich, dass sie das letzte Mal bei ihrem Vater zu Besuch war. *Schon komisch, dass sich beide Elternteile ausgerechnet jemanden ausgesucht haben, der allergisch gegen Pferde ist. Ob das wohl etwas zu bedeuten hat?*

„Ich hatte Ballettunterricht als kleines Mädchen. Ist doch viel eleganter! Pferde sind was für Jungs. Außerdem bekommt man O-Beine vom vielen Reiten“, erklärte Rosanna, als sie Carolin schließlich in die Wohnung ließ.

Und vom vielen Rumsitzen einen fetten Hintern wie ein Brauereigaul, dachte Carolin, als sie hinter Rosanna in die Küche ging. *Wie kann die Tussi nur ihr gewaltiges Hinterteil in einen hautengen grünen Rock stecken?*

Der Nachmittag war göttlich. Die Tussi glühte vor schlechter Laune. Zu essen gab es einen Spinatauflauf. Dazu Kichererbsenbratlinge. Carolin hasste Spinat. *Jeder vernünftige Mensch hasst Spinat,* dachte Carolin. Außer Popeye. *Und seh ich vielleicht aus wie Popeye?* Jeder Mensch weiß, dass Spinat gar nicht so gesund ist, wie immer behauptet wird. Nur bis zur Tussi hatte es sich wohl noch nicht herumgesprochen.

„Die Bratlinge hat Rosanna extra für dich gemacht!“, betonte ihr Vater zwei Mal. Also zwang sie sich zwei Bissen Kichererbsenbratling in den Mund, der genauso eklig aussah wie er hieß und noch viel schlimmer schmeckte.

„Das schmeckt richtig gut, Rosanna", knusperte ihr Vater. Carolin grinste breit, denn sie wusste ganz genau, wie eklig ihr Vater so etwas fand. Er mochte noch nicht einmal Müsli zum Frühstück. „Dieses Körnerzeug ist doch was für Vögel und Pferde", schimpfte er früher immer und jetzt …

„Na Carolin, schmeckt's dir auch?", erkundigte sich die Tussi.

„Mam kocht viel besser!", schmatzte sie mit vollem Mund und freute sich diebisch, dass Rosanna zusammenzuckte und ihr Vater trocken schluckte. *Volltreffer! Ätsch!!!* Musste einfach sein.

„Ähm, tja", Paul räusperte sich. „Die Geschmäcker sind eben verschieden. Und das ist auch gut so. Stellt euch vor, jeder Mensch hätte die gleiche Lieblingsspeise! Jeder würde nur … roten Wackelpudding mögen. Innerhalb kürzester Zeit gäbe es auf der ganzen Welt keinen einzigen Becher roten Wackelpudding mehr!"

Carolin kicherte, Rosanna schwieg beleidigt.

„Oder jeder würde nur Spaghetti mögen? Und die ganze Welt wäre voller langer Nudeln. Wo du hinguckst nur Nudeln. Zum Frühstück, in der Pause, zum Mittagessen, am Abend …"

Carolin kicherte immer lauter, Rosanna unterbrach ihn. „Schon gut, Paul. Deine Tochter mag eben nicht, wie ich koche. Muss sie ja auch nicht. Und ich habe damit gar kein Problem! Dann gehen wir nächstes Mal eben zu McDonalds und bekommen alle Pickel, Verdauungsstörungen und Bluthochdruck."

„Ich meine ja nur“, sagte Paul und knusperte weiter an seinem Bratling.

Carolin beobachtete die Szene mit dem allergrößten Vergnügen. *Geschieht dir ganz Recht, Paps*, dachte sie dabei. *Bei Mam hattest du es viel besser!*

„Rosanna legt großen Wert auf gesunde Ernährung, musst du wissen“, erklärte Paul, der sich sichtlich unwohl fühlte.

„Was besonders in Wachstumsjahren wichtig ist“, ergänzte Rosanna.

„Sie hat sogar schon einen Kochkurs für makrobiotische Küche gemacht.“

„Unglaublich, was man bei der Ernährung alles falsch machen kann“, nickte Rosanna zustimmend.

„Und ich ess am liebsten den ganzen Tag nur Gummibären! Die weißen, die schmecken am besten!“, sagte Carolin fröhlich. „Wir haben in der Küche einen riesigen Schrank voll Gummibären. Und im Keller auch! Und sogar in der Tiefkühltruhe ist bei uns alles voll Gummibären! Aber“, Carolin sah Rosanna mit verschwörerischem Blick an, „zum Glück hab ich meine Pferde. Von denen klau ich mir ab und zu eine Karotte, so wegen der Vitamine, weißt du …“

„Alles Unsinn! Carolin hat nur einen kleinen Scherz gemacht“, erklärte ihr Vater schnell, als Rosanna betroffen guckte.

„Na ja. Sicher, kann ja auch gar nicht sein. Tsts, deine Tochter hat einen merkwürdigen Sinn für Humor.“

„Sie ist nicht immer so. Sie ist heute ein bisschen aufgeregt, nicht Carolin?“

Carolin war kurz davor, ihnen die Zunge rauszustrecken, doch der flehentliche Blick ihres Vaters hinderte sie daran.

„Ach, Carolin, das Bad ist übrigens da hinten, ich meine, falls du dir noch die Hände waschen willst, was sicher nicht schaden würde", sagte die Tussi dann sozusagen als Zwischenmahlzeit.

„Meine Hände sind gewaschen", grinste Carolin. Sie hatte natürlich genau gemerkt, wie Rosanna das ganze Essen über mit Entsetzen im Blick auf ihre Fingernägel mit Trauerrand gestarrt hatte. „Tja, so ist das nun mal", sagte sie und grinste schief. „Als Pferdemädchen hat man eben die schmutzigsten Fingernägel der Welt. Und dazu Stroh in den Haaren, Mist auf dem T-Shirt ..."

Rosanna stieß einen spitzen Schrei aus. „Ich bitte dich, Carolin, wir essen gerade! Was sind denn das für Manieren?"

Paps legte beschwichtigend die Hand auf ihren Arm. „Am besten, du erzählst uns später von deinen sicher tollen Erlebnissen auf deinem Ponyhof."

„Lindenhain ist kein Ponyhof! Und das weißt du ganz genau! Ein Ponyhof ist was für Babys!", funkelte ihn Carolin wütend an.

„Gut, dann nicht ... dann wollen wir uns jetzt doch mal Rosannas Nachtisch schmecken lassen", lenkte er schnell ab. „Was gibt's denn Leckeres?"

Nicht mal einen vernünftigen Nachtisch brachte die Tussi zu Wege. Krokantsplitter mit Honigsoße und Minze musste es sein. Pfui Teufel. Süß, klebrig, eklig.

Dabei wäre Carolin mit einer Portion Erdbeereis aus der Familienpackung vollkommen zufrieden gewesen.

„Und, wie läuft's denn so in der Schule?", wollte die Tussi dann auf einmal wissen.

Und was geht dich das an?, dachte Carolin, sagte aber nur: „Gut", und warf Rosanna einen bitterbösen Blick zu. *Wenn du dich auf deine neue Rolle als Stiefmutter vorbereitest, dann hast du dich geschnitten. Aber gewaltig*, dachte Carolin, während sie die Krokantsplitter auf ihrem Teller von der ekligen Soße befreite.

Vaters neue schicke Wohnung war stinklangweilig und brandgefährlich. Überall weiße Ledermöbel, Vasen, blütenweiße Wände, wilde Glasgebilde. Wie auf Samtpfoten huschte Carolin durch die Wohnung, um nur nichts schmutzig oder kaputtzumachen. Auf einem der weißen Sessel hockte ein kleiner weißer, wuscheliger Hund, der sich bisher noch nicht ein einziges Mal von der Stelle gerührt hatte. *Aha*, dachte Carolin, *dagegen sind wir wohl nicht allergisch.* Und sie spürte mit einem Mal die unbändige Lust, mit dem kleinen weißen Wuschel ein wenig spazieren zu gehen. Durch fettes, matschiges Sumpfgebiet.

„Willst du nicht ein bisschen fernsehen?", fragte Rosanna nach dem Essen. „Bestimmt kommt was Nettes für Kinder. Sesamstraße oder Sandmännchen oder so."

„Das ist doch mal eine gute Idee", sagte ihr Vater so begeistert, als hätte Rosanna vorschlagen, dass sie einen Englischkurs belegen sollte. Früher hieß es nur: „Häng nicht so viel vor der Glotze rum."

Also setzte sich Carolin ganz vorsichtig in den großen weißen Ledersessel und zappte lustlos durch die Programme. Tennis, Nachrichten, Politik. Ihr Vater und Rosanna kicherten in der Küche. Carolin fühlte sich überflüssig, unerwünscht, fehl am Platz. Sehnsüchtig schielte sie nach draußen. Es war herrliches Sonnenwetter und sie musste den Tag hier so verschwenden.

„Bringst du mich nach Hause?“, fragte sie eine gute Stunde nach dem Mittagessen und nach drei Nachrichtensendungen.

Bestürzt eilte Paul zu ihr. „Aber Schätzchen, du bist doch erst zwei Stunden hier. Wir haben doch noch den ganzen Tag zusammen. Wir sehen uns doch ohnehin so selten und da willst du gleich wieder gehen?“

Carolin holte tief Luft. „Sieh mal Paps. Es ist stinklangweilig bei euch ... und außerdem hast du sowieso keine Zeit für mich. Ich stör dich doch nur. Und ich stinke nach Pferden. Und ich hab schmutzige Fingernägel.“

Paul sah seine Tochter einen Moment betreten an. „Aber Carolin!“

Carolin zuckte mit den Schultern. „Glaub mir, es ist besser, ich geh wieder.“

„Es ist alles nicht so ganz einfach für Rosanna. Sie ist an Kinder nicht gewöhnt, verstehst du?“

Sie hasst Kinder, dachte Carolin.

„Und dabei gibt sie sich doch so viel Mühe.“

Carolin zuckte erneut mit den Schultern.

Paul sah sie an. „Warte einen Moment!“, sagte er dann und ging in die Küche, wohl um etwas mit Rosanna zu besprechen. Dann kam er wieder zurück. „Du hast Recht, Tochter. Weißt du was? Zieh dich an!“, meinte er dann fest entschlossen.

„Bringst du mich wieder heim?“, fragte sie halb froh und halb traurig.

„Nee, wir machen jetzt einen Vater-Tochter-Nachmittag.“

Carolin sah ihn skeptisch an „Nur du und ich? Ohne Rosanna?“

Er beugte sich zu ihr und gab ihr einen Kuss auf die Nasenspitze. „Nur du und ich!“

Und dann gab er sich wirklich alle Mühe, dass sie sich mit ihm wohl fühlte. Erst gingen sie ins Schwimmbad, danach ins Kino. „Und am nächsten Wochenende“, versprach er hoch und heilig, „gehen wir auf die Rennbahn und gewinnen.“ Carolin lümmelte sich zufrieden in den Kinosessel und legte den Kopf an seine Schulter. Es war richtig schön, neben ihm im Dunkeln zu sitzen und Gummibären zu vertilgen.

Carolin wird erwischt

Der Unfall im Wald hatte Folgen: Wie sich erst später herausstellte, hatte sich bei Sternentänzer ein Vordereisen gelöst. Zum Glück war das Eisen abgerissen, ohne die Hufwand zu beschädigen und Sternentänzer hatte sich nicht verletzt. Während er sich auf dem Heimweg tapfer gehalten hatte, hinkte er nun.

„Armer Sternentänzer." Carolin tätschelte seinen Hals. Mit drei beschlagenen und einem unbeschlagenen Huf zu gehen, musste ungefähr so bequem sein wie mit einem Turnschuh und einem von Ines Stöckelschuhen zu marschieren.

„Er muss zum Hufschmied", meinte Nick. Oder besser gesagt zur Schmiedin, denn Frau Linda Horn kümmerte sich um die Fußpflege der Lindenhain-Pferde.

„Ich bring ihn zu Linda", sagte Carolin.

Nick legte die Stirn in Falten. „Ich glaube nicht, dass das eine gute Idee ist, Carolin."

„Warum das denn? Schließlich hat er sich das Eisen abgerissen, als er mein Leben gerettet hat!"

Nick sah sie ernst an. „Ich weiß nicht, ob das dem alten Stone so gut gefällt."

Bei dem Namen Stone zuckte Carolin zusammen. „Er kann doch nun wirklich nichts dagegen haben, wenn ich mich um ein neues Hufeisen für Sternentänzer kümmere!", empörte sie sich.

Nick hob die Achseln. „Du hast ja selbst gesehen, wie der Typ drauf war."

Carolin stampfte wütend mit dem Fuß auf. „Mir doch egal! Ich geh trotzdem."

„Er ist zwar schon seit Tagen nicht mehr aufgekreuzt, aber …"

„Siehst du", unterbrach sie ihn rasch, „dann wird er schon nicht ausgerechnet heute kommen!"

„Ich hab kein gutes Gefühl dabei", mahnte Nick, doch ohne größeren Nachdruck, denn er kannte Carolin gut genug um zu wissen, dass sie stur war wie ein Maulesel. Wenn sie sich etwas in den Kopf gesetzt hatte, war nichts zu machen. Da konnte man genauso gut gegen die Wand reden.

Linda Horns Hufschmiede war nur ungefähr zehn Gehminuten von Lindenhain entfernt und zum Glück hatte Linda auch gleich Zeit für sie. Zuerst musste Sternentänzers Huf ausgeschnitten werden, um ihn auf den neuen Belag vorzubereiten. Linda hielt den Huf, während Carolin Sternentänzer beruhigte und streichelte. Es war nicht das erste Mal, dass Carolin mit einem Pferd beim Hufschmied war, doch sie fand es immer wieder schrecklich.

„Tu ihm bloß nicht weh!", warnte sie Linda.

Linda hielt die Hornsche Familientradition aufrecht. Sie hatte den Laden von ihrem Vater übernommen und war nun schon in der fünften Generation Hufschmied. „Hufhorn ist wie Fingernagel, das können wir ja auch schneiden, ohne dass es uns wehtut", beruhigte Linda sie. Als Nächstes wurde das Hufeisen heiß gemacht und passend geschmiedet. Dann legte sie das glühende Eisen auf den bloßen Pferdehuf. Carolin zuckte zusammen. Es qualmte und stank nach verbranntem Horn.

„Armer Sternentänzer!", rief Carolin erschrocken. Sie konnte kaum hinsehen.

„Er merkt doch gar nichts. Ihm wird's nur ein bisschen warm unter der Fußsohle. Sonst würde er ja auch kaum so stillhalten."

Dann war das Eisen zum Aufschlagen bereit.

„Jetzt wirst du Sternentänzer wohl etwas trösten müssen", sagte Linda und befestigte das Eisen vorsichtig an Sternentänzers Huf. Sternentänzer zuckte nicht einmal, doch Carolin konnte in seinen Augen lesen, dass er Schmerzen hatte.

„Schscht, mein Schöner, gleich ist alles vorbei." Carolin streichelte ihn und redete sanft auf ihn ein. Er kuschelte sich dankbar an sie und Carolin war froh, dass sie ihn trotz Nicks Warnung begleitet hatte.

„Stell seinen Fuß hier auf den Bock", befahl Linda dann, nachdem sie mit dem Aufnageln fertig war. Sternentänzer war gar nicht begeistert, langsam hatte er vom langen Stillstehen die Nase voll.

„Bist du bald fertig?", fragte Carolin ungeduldig.

„Momentchen noch. Ich muss den Huf erst noch umnieten und raspeln ... okay, jetzt kannst du die Hufe fetten. Mach ihm Lackschuhe!"

Carolin griff zum Pinsel.

„In den nächsten Tagen musst du etwas vorsichtiger reiten, denn die Eisen halten erst ganz fest, wenn die Nägel zu rosten begonnen haben. In den ersten Tagen verliert man sie leicht, wenn man nicht aufpasst!"

Hochzufrieden führte sie Sternentänzer zurück. Kurz vor dem Hofeingang blieb sie jedoch wie vom Donner gerührt stehen. Stone war da. Er stand mit dem Rücken zu ihr am Eingang zu Gunnars Büro und unterhielt sich mit Nick.

Verdammter Mist! Was mach ich jetzt nur? Carolin überlegte verzweifelt. Erwischen durfte er sie nicht, so viel war klar. „Komm, Sternentänzer!" Vorsichtig lenkte sie ihn von der Straße ab in Richtung Wald und band ihn an einem Baum neben einem Jägerstand fest. Von dort oben hatte sie einen guten Blick auf Lindenhain.

Nach einer Stunde war Stone immer noch da und Carolin hockte noch immer auf dem Hochstand. Stone ging auf dem Hof auf und ab. Ab und zu blieb er stehen und scharrte wie ein Pferd ungeduldig mit dem Fuß, als würde er auf etwas warten. Worauf war ja klar. „Der wartet auf dich, Sternentänzer", flüsterte sie. Doch Sternentänzer schüttelte nur unwillig den Kopf, als wollte er sagen: „Ist mir doch egal." „Wir können uns nicht bis morgen Früh hier verstecken!" Sie kletterte runter. „Hör zu, mein Lieber." Sie legte die Wange an seinen weichen Hals. „Ich geh jetzt los und hole Nick, der soll dich dann zurückbringen!“

Manche Tage sind etwas Besonderes. Sie scheinen sogar eine eigene Farbe zu haben. Dieser Tag war durchsichtig und dünn, als ob ein hauchfeiner Grauschleier darüber liegen würde. Carolin ahnte, dass etwas passieren würde. Sie spürte es. Sie kehrte gerade von einem frühen Austritt mit Sternentänzer zurück und war glänzender Laune. Die Sonne kam hinter dem Horizont herauf, auf den Wiesen lag der Morgennebel und die Kühe auf der Weide standen darin wie in einem See aus Watte. Erste Vogelstimmen wurden laut. Fridolin, der Hahn krähte, die Luft roch würzig nach feuchtem Gras und die Welt schien wie verzaubert. Liebevoll klopfte sie Sternentänzers Hals. „Jetzt mach ich dich erst mal richtig schick, danach gibt’s dein Lieblingsessen.“

Als sie um die Ecke in den Hof von Lindenhain bogen, wurde Sternentänzer auf einmal unruhig. Er warf seinen Kopf auf und ab und legte die Ohren an, als habe er vor etwas Angst. Er stieß ein schrilles Wiehern aus und tänzelte unruhig auf der Stelle. Dann blähte er die Nüstern und schnaubte. So aufgebracht hatte Carolin ihn noch nie erlebt. Sie schnalzte leise und zog am Zügel. „Na komm schon“, lockte sie. Ihr Herz klopfte auf einmal bis zum Hals. Plötzlich hatte sie Angst und wusste nicht einmal wovor.

Als sie in die Einfahrt zum Hof einbog, kam ihr ein Auto mit einem Pferdeanhänger entgegen. Carolin, die nicht mit Gegenverkehr gerechnet hatte, wich in letzter Sekunde aus. Ihr Herz klopfte immer noch von dem überstandenen Schreck, als sie auf den Hof ritt. Es war wie ein Zeichen, eine Warnung, die Carolin überhörte. Auf dem Hof war weit und breit niemand zu sehen, also stieg sie vom Pferd. Normalerweise war sie nicht so schreckhaft, doch heute hatte sie dieses ungute Gefühl. Deshalb sah sie sich noch einmal um. Doch außer der fetten alten Eulalia, die über den Hof schlich, war nichts zu entdecken. Kurz darauf sprang ihr Herr Maier entgegen. Laut bellend, wie es sich für einen Hofhund gehörte.

„Du hast Verspätung, Herr Maier", stellte Carolin erleichtert fest. „Du hättest mir eigentlich entgegenkommen müssen." Als Sternentänzer überhaupt nicht zu beruhigen war, wurde langsam auch Carolin immer nervöser. Irgendetwas lag in der Luft. Dann entdeckte sie die Umrisse eines schwarzen Autos, das zwischen den Lindenbäumen parkte. Gerade wollte sie Sternentänzer packen und wegziehen, da öffnete sich die Autotür. Stone! Wutentbrannt kam er mit großen Schritten auf Carolin zu.

Er riss ihr die Zügel aus der Hand. „Du schon wieder!"

Carolin zuckte zusammen. „Aber …"

„Was habe ich dir gesagt?", schrie er völlig außer sich, seine dunklen Augen blitzten böse.

„Dass ich nicht will, dass du mein Pferd streichelst, erinnerst du dich? Dass du die Hände von meinem

Pferd lässt! Ich dachte, ich hab mich deutlich genug ausgedrückt! "

Eingeschüchtert nickte Carolin.

„Und was machst du? Kaum bin ich weg, reitest du mit meinem Pferd aus! Machst dich einfach aus dem Staub! Völlig ungeachtet meines Verbots, du freche Göre! Ich hab mir schon gestern so was gedacht. Da warst du doch auch weg mit meinem Pferd, habe ich Recht?"

Carolin fröstelte. „Aber …"

„Das wird ein Nachspiel haben, das versprech ich dir! Was ist das nur für ein verantwortungsloser Reiterhof!"

Wie auf das Stichwort kam jetzt Gunnar aus dem Büro herbeigeeilt. „Herr Stone? Was ist denn hier los? Kann ich etwas für Sie tun?"

„Dieses Fräulein da hat sich einfach mein Pferd ausgeliehen, obwohl ich ihr bereits zuvor jeglichen Kontakt untersagt hatte. Ich erwarte, dass Sie etwas unternehmen! Und zwar unverzüglich!"

Gunnar sah Carolin an. Er schien verärgert, schob seinen Cowboyhut in den Nacken und kratzte sich am Kopf. „Ich werde die Angelegenheit überprüfen, Herr Stone. Und so etwas wird selbstverständlich nicht mehr vorkommen."

„Davon gehe ich aus, sonst muss ich mein Pferd auf einem anderen Hof unterbringen! Und ich werde meine schlechten Erfahrungen weitertragen, da können Sie sicher sein", schimpfte Stone weiter mit hochrotem Gesicht.

Gunnar versuchte verzweifelt, ihn zu beschwichtigen. „Aber Herr Stone, das wird nicht nötig sein." Er wandte sich an Carolin. „Alles wird seinen geregelten Gang gehen, das können wir doch Herrn Stone versprechen, oder, Carolin?“

Carolin nickte betreten.

„Bitte, Herr Stone, kommen Sie mit in mein Büro, dann können wir die Angelegenheit regeln.“

Bevor Frank Stone Gunnar folgte, wandte er sich noch einmal an Carolin. Seine Augen waren schmale Schlitze vor Wut. „Sternentänzer wirst du nie wieder reiten, dafür werde ich sorgen, du …“, er sah sie verächtlich an, „… du nichtsnutzige Rotznase.“

Wie angewachsen blieb Carolin stehen. Angstschauer liefen gleich einer kalten Dusche über ihren Rücken und ihre Hände zitterten.

Eine halbe Stunde später, nachdem Stone in seinem schwarzen Wagen abgezischt war, zitierte Gunnar Carolin in sein Büro. Die Lage war offenbar ernst. Weit und breit war keine Sportzeitschrift zu sehen. Er saß auch nicht am Schreibtisch, sondern stand am Fenster, beide Hände tief in den Hosentaschen versenkt. „Du weißt, dass du Mist gebaut hast, Caro.“

Carolin senkte betreten den Kopf. „Sorry, Gunnar.“ Sie schluckte und schluckte und hielt mit aller Macht die Tränen zurück.

„Ich mag dich, Caro, du bist ein liebes Mädel und du kannst gut mit den Pferden umgehen. Aber ich bin nun leider mal auf die Kohle angewiesen, die mir die Gastpferde bringen. Und wenn sich so ein Vorfall rumspricht, kommt keiner mehr. Verstehst du mein Dilemma?“

Carolin nickte.

Gunnar nickte ebenfalls. „Es tut mir sehr Leid, Caro, aber ich musste auch deiner Mutter davon erzählen. Herr Stone hat darauf bestanden. Außerdem ist wohl es besser, wenn du dich eine Zeit lang mal …, sagen wir, ein bisschen mehr um deine Schule kümmerst …"

Wie ein begossener Pudel verließ Carolin das Büro mit gesenktem Kopf. Dann rannte sie los. Sie wusste nicht wohin; sie rannte einfach nur. Sie lief zur Sattelkammer, in der nur wenig Platz war, wenn die ganze Ausrüstung darin war. Es gab viele Pferde auf Lindenhain, die alle eine Menge Sättel und Zaumzeug brauchten. Die Sättel waren ordentlich auf Gestellen aufgereiht. Das Zaumzeug hing an Haken genau darüber. Die Zügel baumelten in einem Gewirr von Lederriemen in der Luft. Carolin starrte darauf. Ihre Gedanken waren genauso durcheinander wie die Zügel. *Sternentänzer wirst du nie wieder reiten!* Wie Donner rollten Stones Worte durch ihren Kopf. Immer wieder. Auch Gunnar war furchtbar zornig gewesen. Was, wenn sie nun nie wieder nach Lindenhain kommen durfte?

„Carolin?"

In der Tür zur Sattelkammer stand Vicky. „Alles klar mit dir?", fragte sie besorgt.

Carolin nickte nur. Sprechen konnte sie nicht mehr.

Vicky betrachtete sie. „Du hast doch was, das seh ich dir doch an!"

Carolin schüttelte den Kopf. „Sei nicht böse, aber ich möchte jetzt allein sein", schnupfte sie mit erstickter

Stimme. Sie fuhr sich mit dem Handrücken über die Nase. Verschwommen sah sie aus den Augenwinkeln, wie Vicky mit den Schultern zuckte und verschwand.

Mit Füßen schwer wie Blei schleppte sie sich nach einer Weile in den kleinen Nebenraum, der als Futterraum benutzt wurde und holte ihre Sachen.

Nick knatterte ihr draußen mit seinem Motorrad entgegen. „Hab gehört, was passiert ist! Ich hab's befürchtet. Der Typ hat gestern schon Lunte gerochen, als du beim Hufschmied warst." Er klopfte hinter sich. „Setz dich, ich bring dich schnell heim."

„Aber mein Rad!"

„Holst du später mal. Du siehst total daneben aus, sonst baust du noch einen Unfall."

Carolin fühlte sich zu müde und zu erschöpft, um zu widersprechen und schwang sich hinter Nick. Anfangs kam es ihr komisch vor, Nick um die Mitte zu fassen, doch dann war es ganz selbstverständlich, dass sie sich an ihn klammerte. Sie lehnte ihre Wange an seinen Rücken, der sich warm und tröstlich anfühlte. Im Fahrtwind ließ sie ihren Tränen dann freien Lauf.

Ines machte gerade den Boden sauber, als Carolin nach Hause kam. Wie besessen scheuerte sie mit dem Schrubber herum. So etwas machte sie nur, wenn sie sehr wütend war. *Sie weiß es schon*, dachte Carolin und ließ den Kopf noch ein bisschen tiefer hängen.

„Hallo Mam", murmelte sie.

Ihre Mutter sagte kein Wort sondern schrubbte nur noch heftiger.

„Es tut mir Leid“, nuschelte Carolin schon mal vorsorglich.

Ines ließ sich auf die Knie fallen und schrubbte weiter. „Tut dir Leid. Weißt du Caro, ich dachte, ich kann mich auf dich verlassen und dir vertrauen. Wir sind ein Team, wir beide, dachte ich. Wir kommen gut klar.“ Sie hielt einen Moment inne und in ihren Augen glitzerten Tränen. „Für mich ist das alles auch nicht so einfach, verstehst du? Der Job, du, ich alleine. Deine Pferde sind nicht gerade ein billiges Hobby, aber ich dachte, du bist dort gut aufgehoben. Der Hof ist gut für dich, dachte ich. Und jetzt muss ich erfahren, dass du einfach fremde Pferde nimmst. Dass du ausreitest, ohne zu fragen und dem Hof einen Riesenärger bereitest. Obwohl du weißt, dass das falsch ist. Ich wollte ja nicht, dass du damit anfängst, aber dein Vater ... und jetzt, wenn's Probleme gibt, wo ist er dann? Dann steh ich allein da!“

Carolin fühlte sich so schrecklich, am liebsten wäre sie auf der Stelle im Erdboden versunken.

Ines stand auf und knallte den Schrubber in den Putzeimer. „Deine Nachmittage auf dem Reiterhof jedenfalls sind erst mal gestrichen, Fräulein.“

Nein, bloß nicht, dachte Carolin und merkte, wie ihr die Tränen in die Augen stiegen. Sie ließ den Kopf sinken, schlug die Hände vors Gesicht und schluchzte hemmungslos.

Die ganze Welt hat sich verschworen

Ein paar Tage vergingen, in denen nichts Besonderes geschah. Außer, dass Carolin ständig an Sternentänzer denken musste. Um sich abzulenken, war sie am Wochenende sogar mit Ines ins Museum gegangen. Dinosaurierskelette im Naturkundemuseum gucken. Riesenmonsterteile mit langen Schwänzen und Beinen. Die konnten bestimmt schnell laufen. Und schon wieder dachte sie an Sternentänzer. Sie vermisste ihn schrecklich.

Es regnete in Strömen. Carolin stand im Wohnzimmer, drückte sich am Fenster die Nase platt und beobachtete den Regen. Er prasselte in die dicken Pfützen und hüpfte zurück in die Luft. Carolin seufzte. Jeder Tag ohne Lindenhain war eine endlose Wüste. Sie fragte sich, wie sie das alles durchstehen sollte. Ob sie ihn jemals wieder sehen oder gar reiten durfte? Bei dem Gedanken stieg ein dicker Kloß in ihren Hals.

Ines kam rein. „Na, keine Hausaufgaben?“ Sie baute ihren Laptop auf dem Wohnzimmertisch auf.

„Schon gemacht“, knurrte Carolin unwirsch.

„Geh doch spielen!"

Carolin drehte sich zu ihrer Mutter. „Wie: Spielen? Ich bin keine fünf mehr!"

„Dann lies doch ein bisschen, oder zeichne was."

„Keine Lust", sagte sie und schüttelte den Kopf so schnell, dass ihre kurzen dunklen Haare tanzten.

„Du könntest dir eine CD anhören. Oder du könntest an Oma schreiben, die freut sich immer über Post von dir."

„Meine CDs kenn ich schon alle auswendig. Ich kann sie nicht mehr hören! Und ich hab keinen Bock Oma zu schreiben."

Ines ließ nicht locker. „Dann lad dir eine Freundin aus der Schule ein. Luisa war doch schon lange nicht mehr hier", schlug Ines vor. „Ich hol euch auch Kuchen und Eis."

„Die sind alle doof. Da geht's nur um Jungs, Soaps, Boygroups und Klamotten."

Carolin konnte das überhaupt nicht verstehen. Ihr war völlig egal, wie sie aussah, solange man in den Sachen reiten konnte. Meistens trug sie sowieso nur Jeans. Im Sommer mit T-Shirt, im Winter mit Rollkragenpullover. Aber nur die Jeans ohne innere Nähte an den Knien, denn die scheuerten in Nullkommanix ihre Beine wund.

Ines ließ nicht locker. „Aber mit ihr hast du dich doch immer gut verstanden."

Carolin schüttelte den Kopf. „Keine Lust."

Ines zuckte mit den Schultern. „Tja, mehr fällt mir auch nicht ein."

Carolin starrte weiter trübsinnig aus dem Fenster. Der Regen klatschte mit voller Wucht in die Pfützen auf dem Rasen und hüpfte dann wieder in die Luft. Sie hauchte mit ihrem Atem gegen das Fenster und zeichnete in die beschlagene Fläche mit dem Finger ein „S" hinein. „Ich kann mich gar nicht mehr erinnern, wann ich zum letzten Mal über die Felder geritten bin und die Sonnenstrahlen in meinem Gesicht gespürt habe", seufzte sie sehnsüchtig.

Ines sah sie mitleidlos an. „Aber ich. Vor genau drei Tagen, als du ungefragt das fremde Pferd genommen hast."

„Ach Mam, Sternentänzer, das ist kein fremdes Pferd. Das ist, als ob er zu mir gehört, verstehst du?"

„Sein Besitzer sieht das offenbar ganz anders!"

Carolin hob traurig die Schultern.

Ines stand auf und legte den Arm um sie. „Tröste dich. Bei dem trüben Wetter könntest du sowieso nicht ausreiten."

„Aber ich könnte im Stall die Pferde putzen, bei ihm sein …" Carolin riss sich los. „Aber das verstehst du sowieso nicht. Außerdem ist es dir doch ganz egal, wie es mir geht."

„Du redest Unsinn und das weißt du", unterbrach sie ihre Mutter.

Eine Weile hingen sie schweigend ihren Gedanken nach. Ines brütete über ihrem Laptop. „Ach, übrigens, Carolin", begann sie dann plötzlich. „Ich werde heute Abend mit Thomas ausgehen."

Aha, dachte Carolin, *daher der plötzliche Sinnes-*

wandel von wegen Freundin einladen und Kuchen kaufen.

Carolin drehte sich zu ihrer Mutter und blitzte sie an. „Mit diesem Langweiler! Schon wieder?"

„Carolin, bitte! Ich war erst drei Mal mit ihm weg."

Carolin schüttelte aufgebracht den Kopf. „Vier Mal. Ich hab mitgezählt. Und einmal war er hier bei uns. Den ganzen Abend."

„Wie findest du ihn eigentlich?", wollte Ines dann wissen.

Carolin überlegte kurz. Sollte sie ihrer Mutter zuliebe lügen? Ein bisschen vielleicht. Sie wusste, Ines würde sich besser fühlen, wenn sie Thomas wenigstens ein bisschen nett fand. Aber das Wetter war zu trübe und ihre Stimmung zu finster, also beschloss Carolin die Wahrheit zu sagen.

„Total doof."

„Du musst ihn nur besser kennen lernen, er ist wirklich nett!", beharrte Ines.

Vergiss es, dachte Carolin und sagte nichts.

Eine Weile standen sie stumm nebeneinander, dann beschloss Carolin, der Sache auf den Grund zu gehen.

„Bist du in diesen Thomas eigentlich verliebt?", fragte sie schließlich.

Ines kicherte verlegen. „Ich weiß nicht so genau. Ein bisschen vielleicht." Carolin gab mit Daumen und Zeigefinger ein Maß an. Etwa so hoch wie einer ihrer abgekauten Bleistiftstummel. „So viel?"

Mam sieht fast aus wie Julia, wenn sie von ihren Jungsgeschichten erzählt, dachte Carolin. Das ließ Übles erahnen.

„So wie in Paps?"

„Das mit deinem Vater war etwas völlig anderes!"

Carolin überlegte. *Sollte sie oder sollte sie nicht die alles entscheidende Frage stellen?* Ja. Sie musste es wissen. „Und … wird dieser Thomas mein neuer Paps?"

Ines sah sie ernst an. „Wär das denn so schlimm?"

Schlimm? Schlimm! Entsetzlich, fürchterlich, schrecklich, eine mittlere Katastrophe! Thomas! Dieser aufgeblasene Besserwisser. Dieser Knallkopf! Der mit ihr sprach, als wäre sie drei. Der ihr Überraschungstüten für Vierjährige mitbrachte und erwartete, dass sie sich darüber freute. Der nicht mal ein simples Überraschungsei zusammenbasteln konnte. Der Angst vor Pferden hatte und auf so ziemlich alles allergisch reagierte. Carolins Magen krampfte sich zusammen vor Entsetzen.

Carolin hatte entsetzlich schlecht geschlafen. Albträume hatten sie geplagt. Von Thomas, Stone und Rosanna. Die drei hatten sich gegen sie verschworen; sie in ein finsteres, kaltes Verlies gesperrt und den Schlüssel weggeworfen. Und Ines und Paul hatten nicht nach ihr gesucht. Ihr Pferdewecker klingelte, aber sie zog die Bettdecke über den Kopf. Sie wollte im Bett bleiben. Heute und den Rest ihres Lebens. Zumal das graue

Licht, das sich durch die Vorhänge hindurchschummelte, ein schlechtes Zeichen war. Draußen herrschte dieselbe trübe Suppe, die ihr schon seit Tagen aufs Gemüt schlug. Aber dann stand sie doch auf. Auf dem Weg ins Badezimmer warf sie einen Blick auf das Marmeladenglas mit den Kaulquappen, die sich inzwischen schon alle zu kleinen Minifröschen entwickelt hatten. „Selbst ihr verlasst mich bald", seufzte sie traurig in das Glas. Denn sobald alle zu Fröschen ausgewachsen waren, musste sie sie wieder freilassen. Lustlos saß sie dann am Frühstückstisch und nagte kurz an ihrem Brötchen. Dann legte sie es auf ihren Teller zurück und schob ihn von sich.

„Fertig?" Ines sah sie fragend an. Sie schien glänzender Laune an diesem Morgen, hatte Lockenwickler im Haar und eine giftgrüne Maske im Gesicht.

„Ich mag nicht mehr", knurrte Carolin missmutig.

„Lieber Müsli?"

„Keine Lust."

„Dann eben nicht", sang Ines und tänzelte ins Bad.

Seit der Sache mit Sternentänzer hatte Carolin zu nichts mehr Lust.

Wenigstens war nach der Schule Paps angesagt. *Wir schauen uns ein echtes Pferderennen an*, hatte er beim letzten Mal versprochen und die Aussicht darauf hob ihre Laune ein wenig.

Doch dann klingelte es an der Tür.

„Machst du bitte mal auf, Carolin!", rief Ines aus dem Bad.

Draußen stand ihr Vater. Hochoffiziell in Anzug und Krawatte. „Hallo Carolin."

„Paps! Du bist viel zu früh. Ich kann erst nach der Schule los!", rief Carolin.

Er ging in die Küche, lehnte sich gegen die Fensterbank. „Carolin, ich muss etwas mit dir besprechen", begann er und fummelte an seiner Krawatte herum.

Carolins Herz sank. Sie glaubte genau zu wissen, was er zu sagen hatte. Automatisch fixierte sie weiter das Brötchen und sah ihn nicht an.

„Es wird nichts mit unserem Wochenende. Rosanna und ich wollen wegfahren, nach Venedig. Da wollte sie immer schon mal hin ... und es passt grade so gut ... Ich weiß, dass das jetzt doof ist für dich ... aber ich kann es nicht ändern. Das Pferderennen läuft nicht weg. Wir können es ja nächste Woche nachholen. Nächste Woche ganz sicher, großes Indianerehrenwort."

Er sprach schnell. Seine Worte überstürzten sich förmlich. Sein Gesicht war bittend und ängstlich zugleich. Er holte tief Luft und kam auf sie zu. Dann legte er die Arme um ihre Schultern. Carolin machte sich ganz steif, und er merkte es auch, doch er ließ sie nicht los.

Sie machte sich von ihm los. „Gib dir keine Mühe. Ich hab schon verstanden. Abschieben willst du mich also!", sagte sie feindselig. „Loswerden. Ich bin dir unbequem geworden und du kannst mich nicht mehr brauchen. In deinem neuen Leben ist kein Platz mehr für mich, nicht mal am Wochenende." Carolin war jetzt völlig außer sich. Sie wusste, dass sie ihrem Vater Unrecht tat, aber das war ihr egal. Sie wollte ihn nur noch verletzen. „Weil ich eure bescheuerten weißen Möbel schmutzig mache und nach Pferden stinke und Ränder unter den Nägeln habe. Und weil ich den Fraß von Rosanna zum Kotzen finde, deswegen!" Sie war stinksauer.

„Du weißt genau, dass das Unsinn ist", sagte er langsam.

„Meinetwegen brauchst du gar nicht mehr zu kommen. Bleib doch bei deiner Rosanna, mir doch egal! Ich brauch dich nicht!" Eine Weile schwiegen sie. Sie stand mit hängenden Armen vor ihrem Vater und fühlte sich schrecklich elend, einsam und unglücklich.

„Ich geh dann mal", sagte Paul schließlich. „Ich ruf dich an. Wir sprechen noch mal, wenn du dich beruhigt hast." Und weg war er.

Ines hatte die ganze Zeit im Badezimmer verharrt, jetzt kam sie heraus. Sie zuckte die Schultern. „Mach dir nichts draus! So war er schon immer. Vollkommen unzuverlässig. Sei nicht traurig, Caro."

Carolin war traurig und wütend zugleich, sie rannte die Treppe hoch und legte sich ins Bett. Fühlte sich schrecklich. Sie fühlte ihre Stirn. Bestimmt hatte sie Fieber. Tatsächlich! Außerdem hatte sie schreckliche Bauchschmerzen. Konnte natürlich auch von der doppelten Portion Schokoeis mit Vanillesauce gestern kommen, aber egal. Krank ist krank!

„Mam, mit geht's so schlecht! Mein Bauch! Mein Kopf! Ich kann nicht in die Schule", krächzte sie gequält.

Ines kam, legte kurz die Hand auf ihre Stirn. „Vergiss es!", und war wieder verschwunden.

Carolin verdrehte gequält die Augen, ließ sich leidend in die Kissen zurücksinken und zog sich die Decke wieder hoch bis zum Kinn. Bestimmt hatte sie doch Fieber. Aber Ines war das auch ganz egal. Sie hatte ja jetzt ihren Thomas. Paps seine Rosanna. *Ich hab niemanden*, bedauerte sich Carolin. Carolin sah sich schon hilflos dahinsiechen, von Fieberkrämpfen geschüttelt, allein gelassen.

„Du musst los, Caro", rief ihr Ines von unten ungerührt zu.

Carolin hievte sich dann leidend aus dem Bett. *Am besten, ich laufe weg und komme nie wieder zurück.*

Sie musste schon einen ziemlich erbärmlichen Eindruck machen, denn nach der zweiten Stunde kam die pummelige Tina zu ihr an den Tisch und bot ihr doch glatt ein Gummidrops an. Normalerweise war sie höchstens unter Androhung der Todesstrafe bereit, ihr Naschzeug zu teilen.

„Du siehst so traurig aus, Caro", nuschelte sie und schob eine Hand voll Drops in ihren Mund.

Carolin knetete das gelbe Gummiteil zwischen den Fingern und musste grinsen, dann schob sie das Drops demonstrativ in den Mund. „Danke Tina, das wird mir helfen!"

Hochzufrieden steckte Tina ihre Packung in die Anoraktasche. Carolin sollte bloß nicht auf die Idee kommen, dass mehr drin sein könnte als ein Notfalldrops.

Selbst die strenge Deutschlehrerin, Frau Meitenbeet, deren Stimme dem Kreischen einer Kreissäge glich, verschonte sie mit dummen Fragen.

Draußen schien herrlich die Sonne und zauberte Träume von weiten Ausritten mit Sternentänzer in ihren Kopf. In der vierten Stunde hatte sie Englisch. Carolin behackte ihren Radiergummi so lange mit einem spitzen Bleistift, bis er aussah wie ein Schweizer Löcherkäse. Sie fasste einen Entschluss.

Die rätselhafte Vision

Carolin hatte sich ihren Wecker, in dem statt des Sekundenzeigers ein Pferd seine Runden drehte, auf drei Uhr morgens gestellt. Wäre gar nicht nötig gewesen, denn sie hatte sowieso kein Auge zugetan. Beim besten Willen nicht! Sie hatte es auf der linken Seite versucht, auf der rechten, auf dem Bauch und auf dem Rücken. War unter die Bettdecke gekrochen und nach einer Weile schwitzend wieder aufgetaucht. Hatte ihr Kopfkissen zusammengeknüllt und gleich darauf wieder plattgedrückt. Alles vergeblich. Es war ungefähr so wie in der Nacht vor ihrem Geburtstag. Oder vor Weihnachten. Vor einem Tag, auf den man sich freute und den man gar nicht mehr abwarten konnte. Leise stand sie auf und tapste barfuß über den Teppich. Eilig schlüpfte sie in ihre Jeans und zog den dunkelsten Pulli, den sie hatte, über den Kopf. Unter ihre Bettdecke schob sie einen Stapel Kleidung, sodass es aussah, als würde sie schlafen.

Wie ein Dieb in der Nacht huschte sie aus dem Haus. Es musste sein. Und wenn sie sie danach für immer bei

Wasser und Brot einsperrten und mit Mathe und Herrn Westfal bis ans Lebensende quälten. Oder Kinoverbot für immer verhängten, in ein Internat schickten – es gab Dinge im Leben, die musste man einfach tun. Einfach riskieren. Ihr Herz klopfte bis an den Hals, als sie ihr Bike vorsichtig aus dem Fahrradständer hob. Es war taghell, der Vollmond klebte wie eine dicke Laterne am Himmel, sie trat in die Pedale wie eine Wilde. Die Vorfreude auf Sternentänzer verlieh ihr Flügel, aber ein bisschen fürchtete sie sich auch.

Auf Lindenhain war alles ruhig. Der dicke Mond spiegelte sich im Kaulquappenteich, alles sah irgendwie unwirklich aus. Herr Meier tapste aus seiner Hundhütte und machte Anstalten, loszubellen, wie es sich für einen richtigen Wachhund gehörte. Doch dann erkannte er Carolin und tapste wieder zurück in sein Häuschen. Eulalia setzte sich kurz auf und putzte ihr rechtes Vorderbein, dann rollte sie sich wieder zusammen und schlief weiter. Nur ab und zu zuckte ihre Schwanzspitze. Hahn Fridolin taumelte schlaftrunken auf dem Misthaufen herum. Krähte einmal kräftig, zog sich dann aber wieder zurück. Als sie die Tür zum Stall öffnete, schlug ihr der vertraute Pferdegeruch entgegen, der beste Geruch der Welt und sie fühlte sich gleich wieder etwas wohler. Auch hier war kein Mucks zu hören. Nur ab und zu ertönte das Schnauben eines Pferdes und das Rascheln von Hufen im Stroh. Sternentänzer erkannte Carolin bereits an ihrem Schritt, denn er wieherte leise und schnaubte freundlich. Sie lief zu ihm, zog eine Tüte aus der Tasche ihres Anoraks und raschelte damit. Sofort beugte Sternentänzer den Kopf aus der Box und schnupperte daran.

„Hallo du“, flüsterte Carolin liebevoll. „Was würdest du zu einem Brötchen sagen?“, fragte sie und zog eines hervor, das sie schon seit Tagen in der Tasche aufbewahrt hatte.

Sternentänzer fraß es in einem Happen.

„Ganz schön gierig, mein Süßer!“, tadelte ihn Carolin liebevoll. Aber Sternentänzer kümmerte sich nicht um irgendwelche Manieren, er ließ es sich einfach schmecken. Anschließend rieb er seine Nüstern an Carolins Schultern. Sie strich ihm durch die helle Mähne. „Wie gut du dich anfühlst! Hast du mich auch so vermisst wie ich dich?“

Sternentänzer wandte ihr den Kopf zu und sah sie an, als habe er ihre Worte verstanden. Seine großen Augen blickten ruhig und voller Vertrauen. Er schnaubte. „Ich bin so froh, dass ich dich habe“, seufzte sie. Er stupste sie an, als wollte er sagen: „Ich doch auch!“

Eine Weile blieb sie einfach so neben ihm stehen. Den Kopf an sein warmes Fell gelehnt, genoss sie es, bei ihm zu sein. Dann begann Sternentänzer auf einmal mit den Hufen zu scharren, sie anzustupsen, immer wieder. „Was ist denn? Was willst du denn?“, wunderte sich Carolin.

„Ich weiß nicht warum, aber ich habe das Gefühl, dass du mir was sagen willst?“

Sternentänzer schnaubte heftig, tänzelte hin und her.

„Heißt das: Ja?“

Wieder schnaubte er, dabei warf er den Kopf hoch und runter.

„Also ja, und was genau willst du mir sagen?"

Sternentänzer zog weiter den Kopf hoch und runter. Dabei tänzelte er aufgeregt hin und her.

„Hm, du willst ausreiten, vermute ich? Ich weiß nicht, Sternentänzer. Sollen wir wirklich? Denkst du nicht, das könnte zu gefährlich sein?"

Sternentänzer ließ sich nicht beruhigen.

„Also gut, du hast gewonnen!"

So leise wie möglich zäumte sie Sternentänzer auf und führte ihn aus dem Stall hinaus auf den Hof. Bei jedem Huftritt zuckte sie zusammen. Sternentänzer bemühte sich zwar, ganz leise aufzutreten, doch in der nächtlichen Stille war jeder Schritt immer noch so laut wie ein Gewehrschuss.

Erst als Lindenhain außer Sichtweite war, griff sie in seine Mähne und schwang sich auf seinen Rücken. Sofort galoppierte er los.

„Brrrr!" Auf einer großen Wiese hielt sie ihn an, sprang ab und legte sich neben Sternentänzer in das Gras. Sie nahm ein Kleeblatt zwischen die Zähne und guckte in den Sternenhimmel. In der Ferne leuchtete der Polarstern.

„Weißt du eigentlich, Sternentänzer, dass ich früher mal Angst vor Pferden hatte?"

Sternentänzer wieherte kurz, gerade so, als würde er verstehen, was sie sagte.

„Stell dir vor, ich war ein echter Schisser. Balthasar hieß mein erster Versuch und war ein süßes, nettes, gemütliches Shetland-Pony mit breitem Rücken und lammfromm. Für mich war er aber mindestens so Furcht erregend wie ein doppelköpfiges Monster mit acht Beinen."

Die Erinnerung an ihre Anfänge auf dem Pferd stimmten sie heiter. Sie grinste. „Balthasar und ich, wir ritten ganz friedlich über den Hof, als plötzlich ein Motorrad ankam. Balthasar scheute und machte einen Sprung zur Seite. Ich hielt vor Schreck die Luft an und Balthasar dachte sofort: ‚Achtung, Alarm von oben' und legte erst richtig los." Carolin grinste. „An diesem Tag hab ich mir geschworen, ich geh ins Ballett!

Ein Jahr später haben mir meine Eltern Ferien auf einem Reiterhof geschenkt. Ich hab sie gehasst, als sie mich dort zurückließen und weggefahren sind. Aber dann machte es doch Spaß. Und danach waren Pferde für mich so normal wie Goldhamster oder Stubenfliegen." Carolin schüttelte den Kopf über sich selbst. *Jetzt spreche ich mit Sternentänzer schon wie mit einer Freundin*, dachte sie. *Und ich komm mir nicht mal vor wie ein merkwürdiger Sonderling*.

„Mein erster Ausritt war eine Katastrophe. Ein furchtbares Gehopse. Ich kam mir vor wie auf einem hohen, schwankenden Turm; ich wurde höllisch durchgeschüttelt und war jeden Moment darauf gefasst, wie ein Mehlsack in die Tiefe zu plumpsen."

Carolin stand auf und klopfte das Gras von ihrem Hintern. „Tja, und heute reite ich auf dem schönsten Pferd der Welt." Sie sah auf ihre Uhr. „Es wird langsam

Morgen. Wir reiten besser zurück, bevor wir auffliegen."

Unterwegs scheute Sternentänzer einmal, als plötzlich ein kleines Kaninchen vor ihm aus dem Gras sprang, doch Carolin hatte die Situation gleich wieder unter Kontrolle. „Schon gut, mein Hübscher, ist ja nichts passiert!"

Sie klopfte liebevoll seinen Hals. „Ach Sternentänzer." Sie seufzte. „Wenn ich bei dir bin, vergesse ich alles. Sogar diesen Thomas. Weißt du, der ist so was von bescheuert. Du würdest den auch nicht mögen. Wie auch, der würde bei deinem Anblick ja sofort rote Flecken bekommen. Ich wünschte echt, ich wüsste, ob dieser Unsympath mein neuer Vater werden soll."

Kaum hatte sie ausgesprochen, ging ein Ruck durch den Körper des Pferdes. Es setzte sich in Bewegung und galoppierte davon. Schnell wie der Wind. Carolin klammerte sich an seiner Mähne fest. Ihr war schwindlig und ihr Kopf schien sich zu drehen. Sie fühlte sich merkwürdig leicht und abgehoben; wie in einem Kettenkarussell.

Sternentänzer lief schneller und schneller und Carolin sah Bilder in ihrem Kopf. *Ines, in einem hübschen roten Kostüm; Thomas, mit einem dicken Strauß Rosen in ihrem Wohnzimmer mit dem Gummibaum. Ines knallt die Blumen wütend auf den Tisch, sie schreit Thomas an. Sagt ihm, er soll verschwinden. Sie schickt ihn zur Tür; er will nicht gehen. Doch sie schlägt die Tür hinter ihm zu, packt die Blumen in den Mülleimer, setzt sich an den Tisch und vergräbt das Gesicht in ihren Händen.*

Wie in einem Rausch schoss eine Bilderflut in schneller Reihenfolge durch Carolins Kopf. Schnell, verschwommen, wie durch einen Weichzeichner gefiltert. Dann wurde Sternentänzer plötzlich langsamer. Er keuchte und lief schwerfälliger. Als Carolin die Zügel enger fasste, verlangsamte er gehorsam zum Trab und dann zum Schritt. Nachdenklich klopfte sie seinen schweißnassen Hals. „Was war das denn? Warum bist du denn plötzlich so losgegangen?“

Am nächsten Tag hing Carolin völlig übermüdet und fertig in der Schule. Obwohl es draußen warm war, fröstelte sie. Ihre Beine fühlten sich an wie Pudding und sie konnte sich nicht konzentrieren. Statt zuzuhören kritzelte sie Hufeisen und Pferde in ihr Heft. Aber die Pferde strich sie immer wieder durch. Sie bekam die Beine einfach nicht richtig hin, womit die Pferde bei ihr immer so aussahen wie Missgeburten. Als ob es die Lehrer auf sie abgesehen hätten, wurde sie auch noch oft aufgerufen.

„Und was ist deine Meinung dazu, Carolin?“

„Ich … äh?“

„Hättest du wohl die Güte, uns ein wenig mehr Aufmerksamkeit zu schenken?“

„Äh, ja, sicher“, stotterte Carolin und unterdrückte mit Mühe ein Gähnen.

Eine halbe Stunde später wiederholte sich das Spiel. Einmal gab sie eine so falsche Antwort, dass die ganze Klasse lachte, was Carolin ausgesprochen unfair von ihnen fand.

Mißmutig wanderte ihr Blick zum Fenster. Draußen regnete es. Trübes, trostloses Licht sickerte in das Klassenzimmer. Zwar war der nächtliche Ausritt herrlich gewesen, und im Moment wohl auch die einzige Lösung, aber so konnte es ja wohl nicht weitergehen. Na ja, vielleicht legte sich die Aufregung bald und sie konnte auch wieder tagsüber mit Sternentänzer losreiten. Außerdem rätselte sie immer noch, was mit Sternentänzer los war. *Warum ist er nur so ausgeflippt? Und was hatte es mit den komischen Bildern in meinem Kopf auf sich?* Endlich war Schulschluss. Mit müden Schritten trottete sie zum Bus und dann nach Hause. Sie war sogar zu erschöpft zum Radfahren gewesen.

Mittags verschlang sie eine Riesenportion Kartoffelbrei und sechs Fischstäbchen, musste sich aber große Mühe geben, nicht über dem Teller einzuschlafen.

„Kind, was hast du denn für Augenringe?“, fragte Ines besorgt. „Konntest du nicht schlafen?“

„Nein“, antwortete Carolin wahrheitsgemäß, dann schleppte sie sich nach oben in ihr Zimmer. Dort waren sämtliche Wände mit Pferdepostern dekoriert. Eine Stute mit Fohlen und eine Herde galoppierender Camargue-Pferde. Ihr schönstes Poster hing an der Tür. Ein weißer Araberhengst in wildem Galopp. Sternentänzer. Zumindest sah das Pferd auf dem Poster beinahe aus wie Sternentänzer. Nur der schwarze Stern auf der Stirn fehlte. Carolin hockte sich an ihren Schreibtisch und packte ihre Hefte aus. Doch statt sich auf ihre Aufgaben zu konzentrieren, blieb ihr Blick immer wieder an dem Poster hängen.

Irgendwann streckte Ines den Kopf ins Zimmer. „Ich geh jetzt einkaufen. Anschließend besuche ich Florentine. Wenn du fertig bist, kannst du ja nachkommen."

Carolin murmelte vor sich hin. „Florentine? Nee danke." Florentine war Mams Freundin. Total schnieke. Immer voll aufgebrezelt. *Muss sein, von Berufs wegen*, behauptete Ines. Schließlich gehörte ihr ja auch „Chez Florentine", die einzige Boutique in Lilienthal. Die Besuche bei ihr waren super spannend. Ines und Florentine hockten rum, tranken Kaffee, unterhielten sich über Männer, Kalorien und den neuesten Klatsch.

Carolin saß immer mit großen Wann-können-wir-denn-wieder-gehen-Augen dabei. Zwischendurch bekam sie ein paar Euro zugesteckt und wurde zum Eiskaufen geschickt. Tödlich!

„Carolin!" schon wieder Ines.

Carolin verdrehte genervt die Augen „Was ist denn noch?"

„Telefon für dich!"

„Wer denn?"

„Jemand von Lindenhain."

Sofort ließ Carolin den Stift auf ihre Matheaufgaben fallen und rückte den Stuhl so heftig nach hinten, dass er kippte. *War der nächtliche Ausritt etwa aufgeflogen?* Sie rannte aus ihrem Zimmer und stürzte an den Apparat.

Nick war dran. „Ich hab eine gute und eine schlechte Nachricht für dich!"

Warum sprach er denn nicht weiter? Ungeduldig zappelte Carolin am Telefon herum. „Sag schon, mach's nicht so spannend!"

„Du bist auf Lindenhain wieder jederzeit herzlich willkommen", begann Nick.

„Schätze mal, das war die gute Nachricht, und die schlechte?", wollte Carolin wissen, obwohl sie es sich eigentlich schon vorstellen konnte.

Nick seufzte. „Sternentänzer ist total tabu für dich. Tut mir Leid, Caro. Ich habe strengste Anweisung, dich zu überwachen. Vom Big Boss höchstpersönlich. Sorry, jetzt kann ich dir wohl auch nicht mehr helfen!"

Total tabu! Total tabu! Während sie die Treppe hoch in ihr Zimmer schlich, wiederholte sie im Geiste wieder und wieder diese zwei Worte, als wären sie eine Zauberformel. *Na und?* Sie zwinkerte dem Poster an ihrer Tür zu. *Dann bleiben uns vorläufig eben nur unsere nächtlichen Ausritte, Sternentänzer.*

Am Abend, als sie versuchte einzuschlafen, stellte sie sich vor, dass Sternentänzer ihr gehörte und dass sie die Welt gemeinsam in Erstaunen versetzen würden. *Ich müsste ihn kaufen*, überlegte sie. *Wenn ich eisern mein Taschengeld spare. Nie wieder Eis, Schwimmbad, Pferdezeitschriften? Funktioniert nicht. Bis ich die*

Summe zusammen hätte, müsste ich wahrscheinlich ungefähr 150 Jahre alt werden. Dann stellte sie sich vor, dass ihre Mutter eine Million im Lotto gewonnen hätte und ihn für sie kaufen würde. Dies war allerdings ziemlich unwahrscheinlich, denn sie spielte nie Lotto.

Wahrheit oder Täuschung?

Es war einer dieser herrlichen Herbsttage. Die Sonne schien, aber es war trotzdem kalt. Die Luft war klar und frisch. Die Bäume standen da wie nackte Kleiderständer, während auf den Wegen ein dicker Teppich aus herabgefallenen Blättern lag.

Die Pferde prusteten munter und das Laub raschelte unter ihren Hufen. Sternentänzer konnte sie am Tag nicht reiten, also hatte Carolin mal wieder Marhaba gewählt. Sie klopfte Marhaba auf den Hals und genoss es, auf seinem Rücken zu sitzen. Er ging direkt in Galopp. Er lief weich und leicht und es fühlte sich gut an. Carolin war erfüllt von einem kribbelnden, freudigen Gefühl. Aber es war nicht das Gleiche. Es war nicht so schön wie auf dem Rücken von Sternentänzer. Und doch konnte sie nicht einmal beschreiben, worin der Unterschied lag. Es war einfach ein Bauchgefühl. Der Wind peitschte ihr ins Gesicht, die Hufe donnerten über den Boden. Es gab Momente, in denen wünschte sie sich mittlerweile, sie hätte dieses Bauchgefühl nicht nur bei Sternentänzer, sondern auch bei jedem anderen Pferd. Dann wäre alles viel leichter.

Es war Samstag und sie hatte Ines versprochen, nach dem Ritt gleich nach Hause zu kommen. Ines hatte nämlich Karten für Schwanensee besorgt und bestand darauf, mit Carolin ins Theater zu gehen. Carolin konnte sich zwar Lustigeres vorstellen als weiß gekleidete Gestalten, die auf Zehenspitzen herumliefen, doch ihrer Mutter zuliebe hatte sie eingewilligt. Ines war schon fertig. Sie trug ein rotes Kostüm, bei dessen Anblick Carolin für einen Moment stutzte.

Ines bemerkte Carolins Reaktion und drehte sich im Kreis. „Schön, nicht wahr? Habe ich mir heute Morgen erst bei Florentine gekauft, gar nicht teuer, ein echtes Schnäppchen."

Irgendwie bildete sich Carolin ein, das Kostüm schon einmal gesehen zu haben. Vielleicht im Schaufenster von „Chez Florentine"?

„Ich zieh mich schnell um. Bei meinem Pferdedunst fallen sonst die Tänzerinnen vor Schreck in den Schwanensee."

„Gute Idee", meinte Ines nur.

Als sie aus dem Bad kam, hörte sie von unten laute Stimmen. Neugierig beugte sie sich über das Geländer. Im Wohnzimmer erblickte sie Ines und Thomas. Ines in ihrem neuen roten Kostüm, Thomas mit einem dicken Strauß Rosen. Ines knallte die Blumen auf den Tisch, sie war offenbar wütend, schrie Thomas an. Mit „Hau bloß ab!", schickte sie ihn zur Tür. Sie schlug diese hinter ihm zu und packte die Blumen in den

Mülleimer. Dann hockte sie sich an den Tisch und stützte das Gesicht in ihre Hände. Carolin umklammerte völlig entgeistert das Treppengeländer. Sie hielt die Luft an und rieb sich die Augen. Es war genau die gleiche Szene, ganz genau die gleiche, die sie schon einmal gesehen hatte. Auf dem Rücken von Sternentänzer. Damals, als er in der Nacht in vollem Galopp über die Wiese gejagt war.

Langsam, Carolin, langsam, mahnte sie sich selbst. *Alles nur Einbildung. Du hast dir das alles nur eingebildet. Du wolltest einfach so sehr, dass Thomas die Kurve kratzt, dass du es dir Tag und Nacht vorgestellt hast. Wunschdenken, nichts weiter. Nur Wunschdenken. Nichts weiter!* Carolin zog sich am Geländer hoch, schüttelte den Kopf über sich selbst und versuchte, den Vorfall zu verdrängen.

In den nächsten Wochen war Hektik angesagt und das war gut so, denn so blieb wenig Zeit um nachzudenken. Eine Klassenarbeit stand an. Geschichte. So richtig was zum Büffeln. Carolin verbrachte die Tage in ihrem Zimmer über ihrem Buch. Die meiste Zeit wühlte sie mit den Händen verzweifelt durch ihre Haare. Die vielen Jahreszahlen, Orte und Typen wollten einfach nicht in ihren Kopf. Und der neue Geschichtslehrer, Heribert Herfurter, war bekannt für seine gemeinen Fragen. Sie war in Geschichte sowieso superschwach, und wenn sie die Arbeit auch noch vergeigte … Sehnsüchtig warf sie zwischendurch immer wieder einen Blick auf Sternentänzer, der inzwischen in Silber gerahmt auf ihrem Schreibtisch stand.

„Ach, Sternentänzer", seufzte sie und strich zärtlich den Rahmen entlang. „Du hast's gut, du brauchst nicht in die Schule."

Carolin hatte die Angewohnheit, alles Unangenehme hinauszuschieben. Und das Lernen gehört nun mal dazu. So beschäftigte sie sich mit den seltsamsten Dingen, nur um nicht lernen zu müssen. Sie putzte ihr Zimmer, räumte ihre Schränke auf oder bereitete so wie heute Leckerli zu.

Bewaffnet mit all ihren Büchern wanderte sie in die Küche und suchte Weizenkleie, Äpfel und Karotten. Zerkleinerte alles, mischte es zusammen, formte kleine Küchlein und schob sie in den Ofen. Wieder eine halbe Stunde ohne Lernen erfolgreich totgeschlagen! Nach einer Dreiviertelstunde holte sie die Leckerli aus dem Ofen und packte sie in eine kleine Tüte. *Die bring ich Sternentänzer mit*, freute sie sich.

Sie guckte noch fern, mit den Geschichtsbüchern auf den Knien. Dann schlich sie ins Bett, gähnte und kroch unter die Decke. Dabei fiel ihr ein, dass sie vergessen hatte, sich die Zähne zu putzen, doch sie war zu müde dazu. *Morgen ist auch noch ein Zahnputztag!* Nach ein paar Stunden war sie schon wieder putzmunter. Die vielen Becher Limonade, die sie getrunken hatte, um sich von Geschichte abzulenken, zeigten ihre Wirkung. Sie schlurfte ins Bad, konnte danach jedoch nicht wieder einschlafen. Unruhig tapste sie in ihrem

Zimmer auf und ab, setzte sich irgendwann aufs Fensterbrett und sah hinaus. Die Vorhänge wehten in der sanften Brise langsam hin und her. Draußen war es hell. Der Vollmond hing wie eine dicke, fette Laterne am sternenklaren Himmel und hüllte den Garten in ein geheimnisvolles Licht. Es war eine wunderschöne Nacht. Carolin sah auf die Uhr. Zehn Minuten nach Drei. Noch fünf Stunden bis zur Geschichtsarbeit. Sie streckte sich. *Nie im Leben kann ich jetzt wieder einschlafen,* dachte Carolin und beschloss, auszubüchsen. Ganz leise schlüpfte sie in ihre Klamotten und schlich die Treppe hinunter. Eigentlich hätte sie auch trampeln können, denn seit der Szene mit Thomas nahm Ines jeden Abend Baldriantropfen. Zur Beruhigung. In rauen Mengen. Außerdem trug sie ihre rosafarbene Schlafbrille – wegen der Falten. *Selbst ein Elefant würde es schaffen, unbemerkt durch unser Haus zu trampeln,* dachte Carolin grinsend, während sie die Tür hinter sich zuzog. So hatte die Geschichte mit Thomas doch noch einen kleinen Vorteil gebracht.

Sternentänzer sah ihr mit strahlenden Augen entgegen. Gerade so, als habe er auf sie gewartet. Er schien wieder so aufgeregt wie bei ihrem letzten nächtlichen Ausritt vor einem Monat. Nervös warf er den Kopf auf und ab, tänzelte hin und her und stupste sie an. Dann scharrte er mit den Hufen und schien völlig aus dem Häuschen.

„Hallo mein Schöner." Carolin liebkoste sein Fell. „Kannst du auch nicht schlafen? Hier." Sie kramte die

Tüte mit den Leckerli aus ihrer Anoraktasche. „Hab ich dir mitgebracht. Selbst gebacken."

Sternentänzer schnaubte in ihre Hand, rührte aber kein Leckerli an. Er zerrte und tänzelte immer heftiger und schnaubte dabei immer lauter.

„Was ist denn los mit dir? Hast du Lust auszureiten? Willst dich austoben, oder?"

Das Schnauben und Tänzeln wurden stärker.

„Aber wir müssen vorsichtig sein, Sternentänzer, das weißt du doch!" Sie trenste ihn und fischte ein paar alte Säcke aus der hinteren Stallecke, die sie um Sternentänzers Hufe band. „Nur bis wir aus dem Hof sind!" Dann führte sie ihn so leise wie möglich aus dem Stall.

Wie auf Wolken schwebte sie auf Sternentänzers Rücken durch die mondverzauberte Landschaft. Sie schloss die Augen und fühlte, wie die weiche, etwas feuchte Nachtluft auf ihrer Haut prickelte. Der gleichmäßige Aufschlag der Hufe war wie Musik für sie. *Ich könnte so glücklich sein, wenn nur nachher diese bescheuerte Klassenarbeit nicht wäre,* dachte sie. Und dann: *Wenn ich nur schon vorher wüsste, was der Herfurter für bescheuerte Fragen stellt.* Kaum hatte sie die Frage auch nur gedacht, ging ein Ruck durch den Körper des Pferdes. Es setzte sich in Bewegung und galoppierte rasend schnell davon. Krampfhaft klammerte Carolin sich fest. Ihr wurde schwindelig. Alles in ihrem Kopf schien sich zu drehen wie in einem Kettenkarussell und plötzlich sah sie Bilder in ihrem Geist vor sich aufsteigen: *Ihr Klassenzimmer. Heribert Herfurter mit einer hellbeige karierten Krawatte um den Hals und mit einem Stoß Papier in der Hand. Er teilt es aus. Auf den Blättern stehen Fragen. Viele Fragen. Nach Jahreszahlen, nach Orten, nach Menschen.*

Wie in einem Rausch schoss die Bilderflut in schneller Reihenfolge durch ihren Kopf. Schnell, verschwommen, als wäre sie durch einen Weichzeichner gefiltert. Dann wurde Sternentänzer plötzlich langsamer. Er keuchte und lief schwerfälliger. Als Carolin die Zügel kürzer fasste, verlangsamte er gehorsam zum Trab und dann zum Schritt. Sie brachte ihn zurück in den Stall und rieb ihn schnell trocken. Dann setzte sie sich auf ihr Rad und raste zurück nach Hause. Bevor Ines aufwachte, musste sie wenigstens in ihrem Zimmer sein. Völlig außer Atem und mit wild schlagendem Herzen, schlich sie sich nach oben. Mit zitternden Beinen warf sie sich auf ihr Bett. Sie machte kein Auge zu. Wieder einmal! *Sternentänzer, was soll das? Was tust du da?* Aber dann musste sie doch in einen leichten Schlaf gefallen sein, denn sie schreckte hoch, als sie Ines' Stimme hörte:

„Aufstehen, Carolin!"

Carolin gähnte. Aufstehen war gut. Sie war schon so lange auf, dass sie eigentlich schon wieder müde war. In Windeseile schlüpfte sie aus ihren Pferdeklamotten und zog ein frisches T-Shirt und eine Hose aus dem Schrank. Zähneputzen wäre vielleicht auch nicht schlecht. Im Tageslicht wirkten die Ereignisse der Nacht schon viel weniger merkwürdig. *Ich hab einfach total Schiss vor der Arbeit und deshalb verfolgt sie mich,* überlegte sie, während sie ihre Zähne bürstete. *Das ist alles.*

Auf dem Frühstückstisch warteten Rühreier mit frischem Schnittlauch, knackfrische Brötchen, Hefezopf frisch aus dem Ofen, Nutella, Bananenshake. Carolin staunte nicht schlecht.

„Hab ich was vergessen?“, wunderte sich Carolin. „Deinen Geburtstag? Meinen?“

Ines räusperte sich. „Es soll nur eine kleine Entschuldigung sein“, sagte sie betreten. „In den letzten Wochen habe ich wenig Zeit für dich gehabt. Ich hab dich vernachlässigt. Aber das ist nun vorbei.“

Carolin musterte Ines skeptisch. „Was meinst du damit?“

„Es ist aus mit Thomas“, stieß sie hervor und schluckte tief.

„Aha“, stieß Carolin hervor. „Warum das denn?“

„Der gemeine Mistkerl hat mich betrogen, stell dir vor, er hatte neben mir noch was anderes laufen“, brach es aus Ines hervor.

„Soso.“ Carolin nickte.

„Ich hab's ihm auf den Kopf zugesagt, und der Typ leugnet auch noch.“ Sie schüttelte den Kopf mit einer Mischung aus Unglauben und Verzweiflung in den Augen. „Ich dachte, er wäre ein anständiger Kerl. Dabei trifft er sich mit mir und mit seiner Ex gleichzeitig. Er hatte nicht mal den Mut, es mir selbst zu sagen. Von Florentine musste ich es erfahren!“

Carolin jubilierte. Gut, ein ganz kleiner mitfühlender Teil von ihr erklärte sich solidarisch traurig. Aber nur ein ganz kleiner. „Du findest einen anderen Freund. Der blöde Langweiler hat dich gar nicht verdient", sagte sie dann in einem so sanften Ton wie eine Mutter ihrem Kind eine Gute-Nacht-Geschichte erzählt.

Ines strich die Tränen weg, die in ihren Augen glitzerten. „Zum ersten Mal, seit dein Vater weg ist, war ich wieder glücklich; zumindest ein bisschen", schluchzte sie und schnäuzte in eine Serviette.

„Ach Mam", seufzte Carolin. „Das wird schon wieder."

„Verzeihst du mir, Schätzchen?"

„Natürlich", gewährte Carolin großzügig.

„Schön, dass ich so eine verständnisvolle und brave Tochter habe." Sie streichelte über Carolins Haare. „Ich weiß, wie schwer es dir gefallen ist, auf das Reiten zu verzichten."

Oh mein Gott, betete Carolin inständig, *lass sie nur kein Stroh in meinem Haar entdecken.*

Mit großem Appetit machte sie sich über das Luxusfrühstück her. Ein ganz klein wenig schämte sie sich dann aber doch, denn verdient hatte sie es ja streng genommen gar nicht.

Im Klassenraum herrschte Alarmstimmung. Es ging zu wie im Bienenstock. Alles sauste und schrie hektisch durcheinander. Julia hatte immer noch das Geschichtsbuch vor der Nase und starrte auf die Buchstaben wie ein hypnotisiertes Kaninchen. Heike hing mit übereinander geschlagenen Beinen hinter ihrem Tisch und zog in einem Taschenspiegel ihren Lippenstift nach. Annette schrieb ihr ganzes Handgelenk voll. Luisa spitzte noch schnell einen Stift nach dem anderen und Tina brachte ihre Schokoriegel in Stellung. Nur Carolin sah der Arbeit emotionslos entgegen. Sie hatte getan, was sie konnte, und wenn die falschen Fragen kamen, dann hatte sie eben Pech gehabt.

„Guten Morgen, die Herrschaften. Alle anwesend? Gut. Dann wollen wir gleich starten."

Herr Herfurter teilte die Blätter mit den Fragen aus. Carolin kramte ihren Glückstift aus dem Federmäppchen. Schmal, silbern, mit einem Aufkleber von Lindenhain. Als sie auf das Prüfungsblatt sah, erstarrte sie. Ihr Herz flatterte wie ein aufgeschreckter Vogel, der orientierungslos gegen die Gitterstäbe seines Käfigs fliegt. „Das gibt's doch nicht!", murmelte sie immer wieder. „Das kann doch gar nicht wahr sein." Dort standen exakt die Fragen, die sie in der Nacht zuvor bei ihrem Austritt mit Sternentänzer gesehen hatte.

„Ruhe bitte! Ab sofort läuft die Zeit, meine Herrschaften", drohte Herfurter.

Carolin wagte gar nicht, ihn anzusehen. *Wenn er jetzt … nein … das konnte gar nicht sein.* Und es war doch so. Herfurters Krawatte war grottenhässlich. Hellbeige kariert.

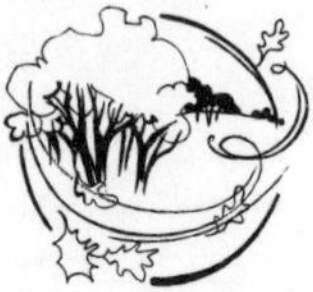

Die Indianerlegende

Irgendetwas ausgesprochen Merkwürdiges ist hier im Gange, dachte Carolin und jagte mit ihrem Bike nach der Klassenarbeit nach Hause. In der Schule hatte sie schlimme Bauchschmerzen vorgetäuscht und Herr Herfurter, Vater zweier Kinder, etwas rundlich, dunkle Anzüge, scheußliche Krawatten, hatte zum Glück ein Einsehen gehabt.

Das kann kein Zufall sein. Nicht zwei Mal hintereinander. Und es muss etwas mit Sternentänzer zu tun haben. Irgendetwas ist mit ihm los. Aber was? Die Gedanken purzelten nur so durch ihren Kopf. „Ist Sternentänzer ein Zauberpferd?“, murmelte sie vor sich hin. *Unsinn! Zauberpferd, ach was, Blödsinn,* verbesserte sie sich in der nächsten Minute selbst. *So was gibt's doch nur im Märchen.* Oder fing sie selbst langsam an durchzudrehen? Die Aufregung, der Stress in letzter Zeit. Es wäre ja kein Wunder! Eine Frage in ihren Gedanken, der schnelle Galopp, das Gefühl, in einem Kettenkarussell zu sitzen, die Bilder in ihrem Kopf; genau so war es jedes Mal geschehen. Statt in die Breitensteinstraße bog Carolin in den Peterbergweg ein und ging in die Bücherei. Sie holte sich eine Tasse heißer Schokolade aus dem Automaten und ließ sich hinter einem Computer nieder. Mit zittrigen Fingern machte sie sich auf die Suche.

Zwei Stunden und drei Tassen heißer Schokolade später war sie nicht viel schlauer. Sie hatte die verschiedensten Stichworte zu Pferden eingegeben, aber nichts gefunden. Mit einem tiefen Seufzer fuhr sich Carolin mit allen zehn Fingern durch die Haare.

„Kann ich dir vielleicht helfen?“, erkundigte sich ein Junge, der am Nebencomputer saß, freundlich.

„Siehst ein bisschen durch den Wind aus“, grinste er breit über sein rundes, sommersprossiges Gesicht, das von leicht abstehenden Ohren und roten Haaren eingerahmt wurde.

Carolin schielte zur Seite. *Oh nee*, dachte sie, *Sebastian. Ausgerechnet!* Der größte Streber ihrer Schule. Er ging zum Glück in die Parallelklasse. Wegen seiner dicken rostbraunen Brille nannten ihn alle nur Glupschauge. Selbst in der Pause steckte er seine Nase noch in Bücher. „Danke, nein!“, wollte Carolin abwehren, doch dann besann sie sich. Sebastian war zwar ein Streber, aber mit Computern kannte er sich prima aus.

„Na ja! Vielleicht …“

„Na los, sag schon!“ Sebastian war gleich ganz Feuer und Flamme.

„Ich weiß nicht!“

„Ist kein Problem, echt! Ich helf dir gern!“, sagte er eifrig.

„Ich suche etwas, weiß aber eigentlich selbst nicht so ganz genau was …“

„In welche Richtung denn?“ Sebastian schob seine Brille hoch bis zur Nasenwurzel. „Ich finde alles!“

Carolin holte tief Luft. „Es geht um Pferde. Um besondere Pferde.“

„Wie besonders?“ Sebastian grinste. „Mit fünf Beinen und zwei Köpfen, oder was?“

„Nee. Nicht körperlich. Eher … mit besonderen … Gaben, mit Magie …“, erklärte Carolin und kam sich so dämlich dabei vor, dass sie schnell noch anfügte: „Brauch ich für … für ein Referat, ein Referat über besondere Pferde.“

„Referat?“ Sebastian sah sie ganz aufgeregt an. „Sollt ihr ein Referat machen? Wir vielleicht auch? Hab ich was versäumt?“

„Keine Sorge, ist für mich privat. Für meinen Pferdehof.“

Beruhigt wandte sich Sebastian wieder dem Computer zu. „Besondere Gaben … Okay, mal sehen. Ich geb mal das Stichwort *Pferde* bei der Suchmaschine *Google* ein. Mal sehen, was kommt!“ Während Carolin für Kakao-Nachschub sorgte, surfte er durch die Seiten. „He! Lies mal!“, rief er auf einmal und grinste über das ganze Gesicht. „Ein begabtes Pferdchen hätten wir hier schon mal!“

„Lies vor!“ Carolin war viel zu aufgeregt.

„Jojo, das sprechende Pferd, die Zirkusattraktion! Als Direktor Fliegenpilz ihn fragte ‚Wie viel ist drei und vier?‘, stampfte Jojo sieben Mal mit dem Huf, und wenn die Antwort auf eine Frage ‚ja' lautete, nickte er mit dem Kopf. War sie ‚Nein', schüttelte er ihn von der einen Seite zur anderen."

„Na ja", machte Carolin enttäuscht. „Nicht gerade das, was ich wollte!"

Sebastians Grinsen wurde noch breiter. „Vor allem weil Jojo gar nicht wusste, was man ihn fragte. Er beantwortete nur die Zeichen, die Direktor Fliegenpilz heimlich machte. Alles nur ein billiger Trick!"

Carolin seufzte. „Na toll."

Unermüdlich öffnete Sebastian Seite für Seite. Doch meistens waren es nur irgendwelche Tipps zum Kauf und Verkauf und zur Pflege von Pferden.

„Hör mal, Carolin, hier steht eine Geschichte von einem Araberhengst, der einen Indianerstamm gerettet hat."

Araberhengst? Carolin horchte auf. „Und weiter?"

„Er muss sie wohl vor einer herannahenden Windhose gerettet haben, indem er völlig konfus und aufgebracht durch das Dorf galoppierte."

„Klick weiter, wir sind auf der richtigen Spur! Araber ist gut."

„Hier: Die Ursprünge der Araber reichen bis ins 7. Jahrhundert zurück. Sogar bis zum Propheten Mohammed. Nachdem seine Kamelreiter im Jahre 625 gegen feindliche Reitertruppen nicht bestehen konnten, begann er mit der Zucht von schnellen, ausdauernden Pferden. Eine Legende erzählt, der Prophet habe seine Pferde nach einer Schlacht alle freigelassen. Nachdem sie tagelang ohne Wasser in der Nähe eines Baches eingepfercht waren, strebten sie durstig dem Wasser zu, als sie freigelassen wurden. Dann kam es zu einem neuen Angriff und Mohammed rief sie zurück, bevor sie trinken konnten. Nur fünf Stuten folgten trotz ihres Durstes seinem Ruf. Diese fünf sollen die Stammmütter der Araberrasse geworden sein."

„Hm", machte Carolin. Half auch nicht wirklich weiter.

„Hier, ich bin beim Surfen in der Antike gelandet. Hör mal: Kaiser Caligula liebte sein Pferd so sehr, dass er ihm einen Sitz im römischen Senat einräumte." Er grinste vor sich hin. „Man erzählte sich, dass das Pferd besser regierte als die Senatoren, weil es kein Schmiergeld genommen hat."

Carolin fuhr sich enttäuscht mit allen zehn Fingern durch die Haare. „Sieht wohl schlecht aus!"

Sebastian suchte weiter, bis er auf einmal ganz zappelig wurde. „Das hier, Carolin, guck mal, das hört sich doch schon viel besser an!"

„Der altisländische Gott Wotan hatte einen achtbeinigen Schimmel, auf dem er in die Schlacht mit Riesen und anderen finsteren Gestalten ritt."

Carolin schüttelte enttäuscht den Kopf. „Das wird wohl nichts."

Sebastian blickte sie über seine Brillengläser an. „Nur nicht aufgeben. Wer suchet, der findet."

Carolin grinste. „Na dann, suchen wir eben weiter."

„Hier, wie findest du das?"

Carolin beugte sich über seine Schulter. „In den 20er-Jahren bis zu ihrem Tod 1957 sorgte eine Stute namens

Lady Wonder für Furore: Das Pferd des Ehepaars Fonda in Richmond, Virginia, betätigte sich als Gedankenleserin und Wahrsagerin. Gelegentlich soll sie sogar der Polizei bei der Vermisstensuche geholfen haben. Das vierbeinige Orakel antwortete mit Hilfe einer hölzernen Pferdekommunikations-Maschine, die aus großen Buchstabenlettern bestand, welche Lady Wonder mit der Nase herunterdrückte."

„Wow! Glaubst du so was?", staunte sie.

Sebastian nickte bedächtig. „Kann schon sein."

„Meinst du, das ist möglich?"

„Natürlich", nickte Sebastian hochzufrieden über seinen Fahndungserfolg. „Ich glaube, dass all den alten Sagen, Legenden und Mythen ein wahrer Kern zugrunde liegt!" Er rückte erneut seine Brille zurecht. „Ich habe zum Beispiel mal gelesen, dass ganz früher die Menschen glaubten, manche Tiere hätten göttliche Eigenschaften. Die Kreter zum Beispiel beteten den Minotaurus an, einen Gott, der zur einen Hälfte ein Mensch und zur anderen ein Stier war. Oder menschliche Eigenschaften: Im trojanischen Krieg bekam Achilles von den Göttern ein Gespann unsterblicher Pferde. Sie zogen seinen Streitwagen und als er im Kampf starb, sollen die Pferde wie Menschen Tränen geweint haben!" Während er sprach, klickte er weiter. „Boah, das hier ist ja auch heftig!"

„Was denn?"

„Bei den Kelten. Wenn da ein Pferdebesitzer starb, wurde das Pferd auch getötet, aufrecht in eine Grube gestellt, und er wurde sitzend auf ihm bestattet."

Carolin sah ihren Schulkameraden beeindruckt an. „Cool."

Sebastian genoss sichtlich Carolins Bewunderung und legte los: „Es ist noch nicht lange her, dass die Menschen an eine magische Welt glaubten, in der sich Götter in Tiere verwandelten. Wie Pegasus."

„Was du alles weißt!"

Sebastians Ohren glühten vor Freude so rot wie sein T-Shirt. „Es gibt viele Dinge zwischen Himmel und Erde, von denen sich unser Verstand nichts träumen lässt. Ungeheuer, riesenhafte Reptilien, Drachen, prähistorische Wesen." Er redete sich richtig in Rage. „Elfen, Zwerge, Kobolde und Dämonen."

„Und Zauberpferde!"

„Warum nicht auch Zauberpferde!" Sebastian sah auf seine Uhr. „Mist, schon so spät. Ich muss los. Sonst gibt's Ärger daheim. Meine Eltern nehmen es nämlich ganz genau. Wenn du weitermachen willst, guck dir einfach die Links auf dieser Seite durch. Scheint mir ganz passend." Er schielte sie über seinen Brillenrand an. „Und wenn du noch was wissen willst, frag mich einfach!" Er machte eine kleine Pause. „Von mir aus, ich meine, wenn du willst, können wir uns auch morgen wieder hier treffen!"

Carolin lächelte. Er sah so süß verlegen aus. „Danke, Sebastian!"

Als er weg war, klickte sie Seite für Seite durch, bis ihre Augen brannten und die freundlichen Damen von der Bücherei langsam begannen, ihre Stifte zur Seite zu legen. Sie seufzte und klickte den letzten Link an. Es war eine Seite über alte Indianerlegenden. *In einer stürmischen Vollmondnacht schlägt ein Blitz in eine jahrhundertealte Eiche und eine Sternschnuppe fällt vom Himmel. Im gleichen Moment wird ein wunderschöner Schimmel mit einem kleinen schwarzen Stern auf der Stirn geboren,* las sie dort. Schimmel, schwarzer Stern, das könnte sich um Sternentänzer handeln! Carolin atmete hektisch, ihr Herz raste, sie war völlig außer sich.

„Du da, hallo“, rief ihr eine dicke Bibliothekarin zu.

Carolin schreckte hoch. „Ja, was?“

„Wir wollen gleich schließen!“

„Moment, Moment noch, bitte, bitte!!! Ganz kurz!“ Carolin schickte ihr einen flehenden Blick zu. „Es geht um Leben und Tod!“

„Ja, ja, aber schnell! Es gibt hier keine Extrawürste.“

Naytukskie Kukatos, was in der Indianersprache „Der Stern“ bedeutet, ist schön wie der junge Morgen, stark wie ein Bär und schnell wie der Wind. Er verfügt über außergewöhnliche Kräfte, er kann in die Zukunft blicken. Schnell spricht sich die Kunde herum und jeder ist bestrebt, das wunderschöne Pferd zu besitzen. Doch Unzählige sind am ihm gescheitert. Denn seine magischen Kräfte erfährt nur, wer sein Vertrauen besitzt.

„Wir wollen jetzt schließen!“ Der Ton der Dicken wurde schärfer. „Kannst ja morgen wieder kommen. Wir haben jeden Tag von 10 bis 19 Uhr geöffnet.“

„Tut mir Leid, ja, ja, sofort!“, rief Carolin und druckte im Gehen noch rasch die Seite aus. Dabei nahm sie sich vor, künftig ein bisschen netter zu Sebastian zu sein.

Der Feind hört mit

Am nächsten Morgen wachte sie voller Erwartung auf. Sie fühlte sich kribbelig von den Haarspitzen bis zu den kleinen Zehen. Alles fiel ihr wieder ein. Die Bücherei, Sebastian, die Indianerlegende. Zu wissen, zu glauben, dass Sternentänzer magische Kräfte besitzen könnte, war größer als alles andere. Und unheimlich. So unheimlich, dass sie davon beinahe Bauchweh bekam. Nur noch ein paar Stunden, bis sie reiten konnte. Immer wieder tastete sie in der Jeans nach dem Zettel aus der Bücherei. Noch nie in ihrem Leben war ihr ein Schulvormittag so unendlich lange vorgekommen. Ausgerechnet heute hatten sie auch noch bis halb zwei Unterricht! Und wegen dieser dummen Pute von Julia dauerte es noch länger. Am Ende der Stunde musste sie unbedingt noch mit der Zeichenlehrerin eine Diskussion über Renaissancekostüme anfangen. Carolin hätte sie am liebsten erwürgt.

So schnell sie ihre Gummiräder trugen, radelte sie nach Lindenhain. „Nick!“, schrie sie schon von weitem so laut über den ganzen Hof, dass Herr Maier erschrocken in sein Häuschen floh. Besonders tapfer war er ohnehin nicht. Er hatte Angst vor Pferden, vor Fremden und manchmal sogar vor Eulalia. Der perfekte Wachhund.

„Nick! Verdammt! Wo bist du? Ich muss dir was erzählen!“, kreischte Carolin.

„Hier!“, kam seine Stimme von irgendwoher.

„Wo: Hier?“

„Im Privatstall!“

Sie rannte so schnell in den Stall, dass sie beinahe auf einem Pferdeapfel ausgerutscht wäre.

„Nick“, keuchte sie völlig außer Atem. „Ich muss dir was erzählen.“

Nick striegelte gerade hingebungsvoll Fernanda, eine Shetland-Schönheit, die zwei Boxen neben Sternentänzer einquartiert war. „Sieht sie nicht wunderbar aus?“ Mit der Kardätsche in der Hand trat er einen Schritt zurück und legte den Kopf schräg, um das Werk besser betrachten zu können, das er an Fernanda vollbracht hatte. „Bildschön, oder? Wie lackiert sieht sie aus“, schwärmte er.

Carolin lehnte sich gegen die Box. „Nick, es ist superwichtig!“

Nick ging hochzufrieden um Fernanda herum. „Spuck's schon aus!“

„Es geht um Sternentänzer.“

Nick drehte die Augen zum Himmel. „Nicht schon wieder, Caro! Was nicht geht, geht nicht. Tut mir ja auch Leid, aber … Es gibt auch noch andere Pferde auf der Welt. Langsam nervst du!“

Wenn Carolin nicht immer noch völlig außer Atem so laut gekeucht hätte, hätte sie die Geräusche in Sternentänzers Box möglicherweise gehört und die Stimme gesenkt. Doch so sprach sie lauthals und wild keuchend weiter. „Sternentänzer ist kein normales Pferd. Er hat eine besondere Gabe. Er hat ein unglaubliches Geheimnis. Er …“, sie holte noch einmal tief Luft, „… er kann in die Zukunft blicken.“

Nick sah sie an wie ein Auto. „Jep. Und Fernanda hier hat auch ein Geheimnis: Sie spricht sechs Sprachen und schlägt dabei Purzelbäume. Und da wir schon mal dabei sind, Geheimnisse zu enthüllen: Marhaba kann singen, und sogar tanzen, aber nicht immer. Nur an geraden Tagen.“

Carolin stampfte mit dem Fuß auf. „Das ist überhaupt nicht komisch. Du musst mir glauben!“

Nick striegelte seelenruhig weiter. „Du hast einen Sternentänzer-Tick, das hab ich schon gemerkt, aber dass du gleich so schräg abgehst?“ Er schüttelte den Kopf.

Carolin zerrte am Ärmel seines Pullis. „Kein Scherz, Nick. Es ist eine alte Indianerlegende, die besagt, dass …“

„Indianerlegende. So ein Unsinn …“

„Darin wird von einem weißen Schimmel mit einem kleinen schwarzen Stern auf der Stirn erzählt. Der Schimmel kann in die Zukunft blicken und das ist Sternentänzer. Ich meine, das kann Sternentänzer auch!“

Nick hörte auf zu putzen und sah sie an. „In die Zukunft blicken? Glaubst du das wirklich?“

„Ja, ich hab es doch selbst miterlebt!", nickte Carolin und gestand ihm ihre beiden merkwürdigen Erfahrungen mit Thomas und der Geschichtsarbeit.

Nick fuhr sich mit einer Hand durch die struppigen Haare, mit der anderen putzte er weiter. Er war so überrascht, dass er sie nicht einmal wegen der Ausritte tadelte. „Ich weiß nicht …!"

„Ich konnte es ja auch nicht glauben, aber es gibt keine andere Erklärung! Es ist gleich zwei Mal passiert!"

Endlich hörte Nick auf zu striegeln. Er legte die Stirn in Falten. „Klingt total unwahrscheinlich", sagte er dann.

„Unwahrscheinlich!" Carolin wurde puterrot im Gesicht. „Na und? Es ist auch total unwahrscheinlich, dass jemand sechs Richtige im Lotto hat. Und trotzdem gewinnt immer mal wieder jemand! Oder … oder dass ein Flugzeug abstürzt und trotzdem … Oder dass ich jemals eine zwei in Mathe haben könnte und trotzdem hatte ich schon mal eine …" Carolin war außer sich und schnaufte vor Aufregung wie eine Luftpumpe.

„Na ja, so gesehen …"

„Es ist wahr, Nick. Ich wollte es auch nicht glauben, aber es ist verdammt noch mal wahr!"

Nick zuckte mit den Schultern.

„Was meinst du damit? Du glaubst nicht daran? Dann lass es, dann halt nicht …"

Nick starrte einen Ballen Heu an. Er sagte nichts sondern blickte nur nachdenklich vor sich hin.

Carolin trat wütend gegen das Heu. „Du glaubst mir also nicht?", versuchte sie es wütend noch einmal.

„Darauf gibt es wohl keine Antwort“, meinte Nick dann und zuckte erneut mit den Schultern.

„Doch, schon!“, sagte Carolin.

Er sah sie an. „Vielleicht hab ich auch einfach nur Angst.“

„Angst? Wieso denn Angst? Wovor denn?“, wiederholte Carolin erstaunt und sah Nick an, wie er da stand. Groß, breitschultrig, kräftig und sprach von Angst.

„Vielleicht hab ich einfach nur Angst, es könnte wahr sein“, gestand er dann leise.

Dann hockten sie Rücken an Rücken aneinander, kauten Strohhalme und waren so vertieft in ihre Gedanken, dass sie nicht bemerkten, wie zwei Boxen weiter eine Tür vorsichtig geschlossen wurde und eine dunkle, mächtige Gestalt davonschlich.

Sternentänzer wird verschleppt

Eigentlich hätte Carolin schon auf dem Schulweg wissen müssen, dass ihr ein schrecklicher Tag bevorstand. Ihr Bahnschranken-Orakel versagte nämlich. Die Schranke klappte genau vor ihrer Nase runter. Und dann verlor sie auch noch ihren Glücksstein. Eine kleine runde Bernsteinkugel, die ihr Vater ihr zum Geburtstag geschenkt hatte. Was konnte ein Tag schon bringen, wenn er so anfing?

Im Englischunterricht pickte Miss Peggy Strawberry – Strawberry wie Erdbeere – beim Vokabelnabfragen ausgerechnet sie heraus. Obwohl sie den Kopf so weit wie möglich eingezogen hatte. Natürlich hatte sie völlig vergessen, die Vokabeln von Kapitel sechs zu lernen. In der Pause verteilte Annette dann auch noch Einladungskarten für ihre Geburtstagfeier. Inklusive Kuchen und Kino. Alle aus der Clique bekamen eine Einladung. Nur Carolin nicht.

„Ich hab gedacht, du hast sowieso keine Zeit“, behauptete sie dann auch noch. „Wegen deiner Pferde.“

Nie im Leben wäre Carolin auf das Fest gegangen. Sie

konnte Annette nicht ausstehen. Aber trotzdem. Eine Einladung hätte sie schon gerne gehabt.

„Wenn du Carolin nicht einlädst, dann komm ich auch nicht“, sagte Luisa dann solidarisch.

„Ich auch nicht“, schloss sich überraschenderweise Tina an. Was für sie sicher ein großes Opfer war, denn Geburtstagsfeten bedeuteten Kuchen ohne Ende.

„Also, ich finde es auch nicht Ordnung, dass Carolin nicht eingeladen ist“, meinte dann auch Heike.

Julia zuckte mit den Schultern. „Wenn keiner geht, dann geh ich natürlich auch nicht!“

„Aber …“, stotterte Annette und blickte von einer zu anderen.

„Nee, schon okay. Annette hat Recht. Ich hätte eh keine Zeit gehabt.“ Carolin sah die Mädels dankbar an, und beschloss, künftig doch ein bisschen mehr Zeit mit ihnen zu verbringen. Sie freute sich diebisch über die Reaktion ihrer Freundinnen. In einem unbeobachteten Moment streckte sie der doofen Annette die Zunge raus.

Als sie am Mittag aus der Schule kam, duftete es schon im ganzen Haus nach mit Hackfleisch gefüllten Paprikaschoten. Carolin lief das Wasser im Mund zusammen. Wenn Ines kochte, dann lecker. Auch wenn ihre Kreationen manchmal recht eigenwillig waren und Carolin als Versuchskaninchen herhalten musste.

Hackfleischbällchen mit Harissa zum Beispiel, einer arabischen Soße, die Ines im Supermarkt entdeckt hatte. Beim ersten Bissen zum Feuer speien scharf, aber richtig gut, wenn man sich erst mal daran gewöhnt hatte. Oder Curryhuhn mit Banane. Aber bei gefüllten Paprikaschoten bestand keine Gefahr. Die schmeckten einfach nur gut und waren genau das Richtige nach so einem verkorksten Tag.

„Hallo Mam."

„Hi Caro." Ines stand in Jeans und Pulli am Herd und rührte in der Sauce. „Bin gleich so weit, deck doch schon mal den Tisch."

Wenn es schnell gehen musste oder es nur Pizza gab, dann aßen sie an dem kleinen Katzentisch in der Küche. Doch wenn Ines richtig groß kochte, wurde im Wohnzimmer serviert. Mit Tischdecke und Serviette und allem Drum und Dran.

Erwartungsvoll sah Carolin der großen, dampfenden Pfanne entgegen, die Ines ins Zimmer balancierte.

„Mhhhm, lecker!" Genüsslich schaufelte sich Carolin die Gabel voll. Doch kaum hatte sie den Bissen im Mund, spuckte sie ihn gleich in hohem Bogen wieder zurück auf den Teller. „Igittpfuiteufel, Mam, was ist denn das?"

„Wieso?"

Carolin schob den Teller weit von sich. „Es schmeckt einfach widerlich. Probier doch selbst!"

Ines kostete eine Gabel voll. „Bäh", machte sie dann und schüttelte sich. „Echt eklig. Schätze, ich hab Salz und Zucker verwechselt!"

War ja klar, an so einem Tag …

Schon auf dem Weg nach Lindenhain hatte Carolin ein merkwürdig flaues Gefühl im Magen. Es war nur undeutlich; nur eine Ahnung, dass dieser Tag anders sein würde als andere. Sie zuckte die Schultern. *Was für ein Unsinn!*, dachte sie.

Auf dem Hof war alles ruhig. Gespenstisch ruhig. Carolin ließ das Rad die Einfahrt hineinrollen, dann warf sie es gegen die Stallmauer. Eine schreckliche Vorahnung ließ sie zum Stall laufen. Sie rannte hinein. Drinnen war es totenstill. Kein Schnauben, Rascheln oder fröhliches Wiehern zur Begrüßung. Die Tür zu Sternentänzers Box stand sperrangelweit offen. Von ihm keine Spur. Carolins Herz schlug bis zum Hals. Die Box war leer. Das war nicht unbedingt ungewöhnlich. Er konnte auf der Weide sein, oder unterwegs. Und trotzdem stand sie wie versteinert da. Ihr Kopf fühlte sich schrecklich leer an. Sie konnte nicht denken; sich nicht rühren. „Sternentänzer, Sternentänzer, verdammt noch mal, wo steckst du?“, stammelte sie immer wieder.

Auf dem Hof kam ihr Nick entgegen. „Nick, wo ist Sternentänzer?“, fragte sie atemlos, stemmte die Hände in die Hüften und nagte an ihrer Unterlippe. Wie immer, wenn sie versuchte, logisch zu denken.

Nick zuckte mit den Schultern. „Sorry, Caro. Stone lässt ihn gerade abholen.“ Er deutete auf einen großen Transporter mit heruntergelassener Laderampe. Zwei Männer, breit wie Wandschränke, waren gerade dabei, Sternentänzer auf die Rampe zu zerren. Oder besser, einer zerrte, während der andere schob. Sternentänzer wieherte schrill und stieg, tänzelte wie wild auf der Rampe herum und warf seinen Kopf wütend hin und her.

Die Männer zogen ihn so brutal zurück, dass er beinahe ausgerutscht und seitlich von der Laderampe gestürzt wäre. Carolin sah, wie einer der Männer den anderen anschrie, aber der Wind riss die Worte von seinen Lippen. Ihr Herz krampfte sich zusammen. Sternentänzer stand jetzt zitternd still. Sie wollte loslaufen, Sternentänzer helfen, doch Nick hielt sie am Pulli zurück.

„Lass mich machen. Sollen wir helfen?", schrie er den Männern schließlich zu, denn auch er konnte die Quälerei nicht mehr länger mit ansehen.

Die Männer warfen Carolin und Nick einen abweisenden Blick zu und kamen ein paar Schritte näher. Sie trugen Jeans, Stiefel und blaue Arbeitsjacken und sahen äußerst ungemütlich aus. Einer der beiden hatte eine dicke, fleischige Narbe quer über dem Kinn, der andere ein bleiches Totenschädelgesicht.

„Wer seid ihr denn?", fragte der mit der Narbe.

„Ich arbeite hier und es sah so aus, als ob Sie beim Verladen des Pferdes Hilfe gebrauchen könnten", sagte Nick schnell.

Der Mann musterte Nick verächtlich von oben bis unten. „Kümmer du dich um deinen eigenen Mist! Mit dem blöden Gaul werden wir schon allein fertig. Da brauchen wir keine kleinen Jungs dazu." Die Männer wandten sich um und gingen schnell zum Transporter zurück.

Carolin starrte Nick an. Alle Farbe war aus ihrem Gesicht gewichen. Sie klammerte sich an seinen Arm, als könne sie sich kaum noch auf den Beinen halten. „Wo bringen sie Sternentänzer hin?“, stotterte sie hilflos.

„Keine Ahnung. Gunnar wusste nur, dass Stone ihn abholen lassen will.“

„Aber … aber, das geht doch nicht!“ In Carolins Kopf begann sich alles zu drehen. Wie eine Wilde begann sie mit ihren Fäusten auf Nicks Brust einzuhämmern. „Was wird mit meinem Sternentänzer? Stone entführt ihn! Wir müssen die Polizei holen! Wir müssen sie aufhalten!“

Nick legte den Arm um sie und drückte sie an sich. „Keine Chance! Es ist sein Pferd, Kleine. Er kann damit tun und lassen, was er will!“

„Aber hast du die beiden Typen gesehen, Nick? Die sahen aus wie aus der Geisterbahn!“, schluchzte sie. Der Gedanke, dass Sternentänzer ihnen nun ausgeliefert war und von ihnen gequält wurde, raubte ihr fast den Verstand.

„Wird schon nicht so wild sein“, versuchte Nick die schluchzende Carolin zu trösten. Doch wenn er ehrlich war, musste er sich eingestehen, dass auch er ein verdammt schlechtes Gefühl hatte.

„Wo bringen sie Sternentänzer bloß hin?“, schluchzte Carolin.

Nick zuckte nur ratlos mit den Schultern.

„Was, wenn sie ihn zum Zirkus bringen?“ Carolins Stimme zitterte vor Angst.

„Wieso Zirkus?“

„Wieso nicht Zirkus?“, heulte Carolin und erzählte von dem kleinen fahrenden Zirkus Lilliputto, der am

Ortseingang auf der Wiese hinter dem Friedhof gastierte. „Ich hab mal von einem Wanderzirkus gelesen. Der hatte so wenig Geld, dass der Direktor immer mal wieder Pferde von den Weiden stahl, um sie an seine Raubtiere zu verfüttern.“ Beim Gedanken, dass Sternentänzer im Maul eines Löwen landen könnte, heulte Carolin auf. „Oder sie misshandeln ihn, oder sie töten ihn.“ Carolin sah Sternentänzer schon in einer gewaltige Blutlache liegen; sein herrliches weißes Fell beschmutzt. „Oder sie verkaufen ihn weiter, auf Pferdemärkten im Ausland. Dorthin transportieren sie ihn ohne Futter und Wasser, eingesperrt in einem engen Lastwagen. Oder an irgendeinen dubiosen Reitstall, oder ...“, ihren nächsten Gedanken wagte sie kaum auszusprechen, „... oder an einen Schlachthof“, flüsterte sie starr vor Entsetzen. Mit jedem Gedanken verstrickte sie sich weiter in ihr Netz aus Angst. „Wir müssen Sternentänzer finden!“

„Jetzt mach aber mal halblang.“ Nick drückte das zitternde, leichenblasse Bündel an seine Brust. „Du siehst Gespenster. Sternentänzer ist ein klasse Pferd und die werden den Teufel tun ihm Schaden zuzufügen.“

Doch so ganz glaubte nicht einmal er seinen Worten.

„In den Hungerstreik werde ich treten“, schluchzte Carolin an Nicks Brust. „Nie, nie wieder werde ich was essen. So lange, bis Sternentänzer wieder da ist.“ Bei dem Gedanken, dass sie immer magerer werden würde, bis man sie als blassen Schatten auf einer Trage ins Krankenhaus einliefern würde, weinte sie umso heftiger.

Nick packte sie an der Schulter und rüttelte sie. „Komm wieder runter, Caro. Das würde Sternentänzer auch nichts helfen!"

„Versprich mir, dass du herausfindest, auf welchen Reiterhof er gebracht wird", stieß Carolin von Heulkrämpfen geschüttelt hervor. Nick schaute in Carolins große rote, tränennasse Augen und konnte nur noch nicken.

Auf der Suche

Im Zirkus Lilliputto war Sternentänzer nicht. Eigentlich war das Carolin schon vorher klar, doch sie wollte einfach irgendetwas tun, selbst wenn es komplett sinnlos war. Sie blätterte also fünf Euro fünfzig hin und kaufte sich ein Ticket für eine Vorstellung in dem kleinen Rundzelt mit dem gestreiften Dach. Genervt ließ sie die Vorstellung über sich ergehen, denn sie interessierte sich nur für die Tiershow in der Pause. Nach dem Schlangenbändiger war endlich die erste Hälfte der Vorstellung vorbei. Per Lautsprecher wurde die Tiershow angekündigt. Im Raubtierkäfig gähnte ein gelangweilter Löwe vor sich hin. Daneben tapste eine Löwin, wohl seine Gefährtin, auf und ab. Beide waren so dünn, dass man die Rippen zählen konnte. Ein doppelhöckeriges Kamel rupfte Grasbüschel aus dem Boden. Eine Frau mit langen dunklen Haaren und mindestens dreißig Hula-Hoop-Reifen um die Taille zeigte hüftschwingend ihre Künste und hielt jedem, der vorbeikam, einen alten Schlapphut hin. Dazwischen turnte ein Trapezmädchen im rosa Trikot. Aber wo waren nur die Pferde? Sie standen im letzten Zelt. Eng zusammengepfercht, fast Schulter an Schulter und vor die Mäuler hatte man ihnen Hafersäcke gehängt. Sie sahen erbärmlich aus. Das Fell war schorfig und unsauber, auf der Haut erkannte man Narben und in den Mähnen und Schweifen verfilzte Haarbüschel.

Bei ihrem Anblick zog es Carolin vor Mitleid das Herz zusammen, doch gleichzeitig war sie erleichtert, dass Sternentänzer nicht dabei war. Um ganz sicherzugehen, überprüfte sie auch die nähere Umgebung, doch leider, oder zum Glück, erfolglos.

Carolin hatte schon die ganze Zeit bemerkt, dass ihr jemand hinterhergeschlichen war. *Wahrscheinlich haben die vom Zirkus gemerkt, dass ich hier nur rumschnüffeln will*, dachte sie und wollte zurück ins Zelt an ihren Platz gehen.

„Gib mir deine Hand, Mädchen", hörte sie auf einmal eine Stimme hinter sich. Sie drehte sich um. Da stand eine alte Frau mit einem langen grauen Zopf, kohlrabenschwarzen Augen und runden Ohrringen. Sie trug ein weites buntes Kleid, darüber eine Schürze.

Ohne auf Carolins Reaktion zu warten, nahm sie ihren Arm in ihre Hand, auf der die dunklen Adern wie dicke schwarze Würmer lagen.

„Du hast etwas verloren, Mädchen, hab ich Recht?", sagte sie und sah Carolin mit ihren kohlrabenschwarzen Augen an.

„Äh, ja", stotterte Carolin überrascht.

„Und du suchst es!"

Carolin nickte. *Wohl irgendwie klar, dass man sucht,*

was man verloren hat, dachte sie und wollte ihre Hand wegreißen.

„Warte noch, Mädchen“, schnurrte die Alte. „Gib mir einen Euro!“

Carolin hatte keine Lust, der Alten einfach so einen Euro hinzublättern, zumal schon das Ticket für den Zirkus ein dickes Loch in ihre Taschengeldkasse gerissen hatte.

„Gib mir einen Euro, du wirst es nicht bereuen“, die Alte blieb standhaft.

Inzwischen hatte im Zelt wohl schon die Vorstellung begonnen, denn außer Carolin und der alten Frau war draußen niemand mehr zu sehen.

Carolin kramte in ihrer Hosentasche, beförderte einen Euro zu Tage und drückte ihn der Frau in die Hand. Einfach nur, um ihre Ruhe zu haben.

„Danke, Mädchen.“ Die Alte fuhr Carolins Hand Linie für Linie mit ihren langen knochigen Fingern nach. „Du wirst finden, wonach du suchst“, murmelte sie dann und schloss die Augen. „Und noch viel, viel mehr, als du dir vorstellen kannst. Aber sei auf der Hut. Wo viel Licht ist, ist auch viel Schatten.“ Damit ließ sie Carolins Hand los, öffnete die Augen und sah sie lange an. „Viel Glück, Mädchen. Du wirst es brauchen!“ Dann verschwand die Alte.

Endlich, dachte Carolin und schlüpfte zurück ins Zirkuszelt. *Wenn ich schon so viel Eintritt bezahlt habe, kann ich mir die Vorstellung ja auch ansehen.* Doch während sie zwei schwarz gelockten Männern mit Pomadenfrisur beim Messerwerfen zusah, geisterten immer wieder die Worte der seltsamen Alten durch ihren Kopf. Eigentlich war Carolin eher der realistische Typ. Sie glaubte nur, was man sehen, anfassen, schmecken, hören und riechen konnte. Alles andere hielt sie für Humbug. Bis zu dem Tag, an dem Sternentänzer in ihr Leben getreten war. Aber eines stimmte sie einigermaßen fröhlich. Immerhin hatte die Alte gesagt: „Du wirst finden, was du suchst."

Nick hockte auf der Holzbank unter der Linde, als sie nach der Zirkusvorstellung zurück auf den Hof radelte. Er blätterte in einem Haufen Papier. Eulalia schnurrte um seine Beine.

„Im Zirkus war Sternentänzer nicht", rief sie ihm gleich die Neuigkeit entgegen.

„War mir schon klar", nickte er.

„Hätte doch sein können!"

„Sternentänzer ist kein x-beliebiges Pony. Er ist ein Rassepferd, das man nicht einfach so ganz unauffällig in einem Zirkus unterbringen kann. Das fällt doch sofort auf."

„Na ja …" Carolin war froh, dass Herr Maier, eifersüchtig auf Eulalia, angeschlichen kam und auch um ein paar Streicheleinheiten bettelte.

„Also." Nick holte tief Luft und deutete auf den Berg Papier, den er in der Hand hatte. „Ich hab mir Gunnars Unterlagen mal vorgenommen."

„Ja, und?", drängelte Carolin, während sie Herrn Maier hinter den Ohren kraulte, der sich gleich genüsslich auf den Rücken rollte und alle Viere von sich streckte. „Hast du herausgefunden, wohin sie Sternentänzer gebracht haben?“

„So einfach ist das auch wieder nicht!“

„Also nicht.“ Carolin nickte traurig.

„Moment, Moment, ich hab immerhin eine heiße Spur, oder besser zwei.“ Nick zog einen Zettel aus seiner Jeans.

„Was denn für eine Spur?“

„Gunnar muss über alle Pferde, die kommen und gehen, Buch führen. Schon wegen der Steuer. Da kann nicht jemand einfach mal so antanzen und ein Pferd wegholen. Ich hab also zwei Namen und Adressen gefunden von Kunden, die wohl in den letzten Tagen Kontakt zu Lindenhain hatten und sich für Pferde interessiert haben. Und vielleicht hat Stone denen Sternentänzer ja verkauft.“

Carolin sah ihn enttäuscht an. „Ist das alles? Konntest du nichts Genaueres rausfinden?“

Nick zuckte mit den Schultern. „Besser als gar nichts, oder?“

„Gib mal her.“ Sie nahm Nick den Zettel aus der Hand. „Jochimsbauer“, las sie vor. Es war gar nicht so einfach, Nicks krakelige Handschrift zu entziffern.

„Joachimsbauer“, korrigierte er. „Der Zweite heißt Scheiderwind, Giacomo Scheiderwind.“

„Komische Namen. Und jetzt?“

„Wir rufen die Auskunft an, besorgen uns die Nummern und los geht's.“

Joachimsbauer war schnell gefunden. Es gab genau zwei davon. Einen Herbert und einen Peter.

Nick zog sein Handy. „Dann ruf ich da am besten mal an."

„Loslosloslos!"

„Peter Joachimsbauer", meldete sich gleich jemand am anderen Ende der Leitung.

Carolin hielt die Luft an und drückte beide Daumen.

Nick räusperte sich. „Schönen guten Tag, Herr Joachimsbauer. Ich möchte Sie höflichst um eine Auskunft bitten."

„Ja?"

„Sie haben doch ein Pferd gekauft?"

„Ich? Ein Pferd? Nee, nie im Leben, ich hab einen Heidenrespekt vor großen Tieren. Ein Pferd gekauft? Niemals! Aber wer will das wissen? Sind Sie vom Fernsehen? Bereiten Sie eine Talkshow vor? Einen Hund hab ich, hilft das auch weiter?"

Nick warf Carolin einen viel sagenden Blick zu.

„Nein, tut mir Leid, das war dann wohl eine Verwechslung, vielen Dank. Entschuldigen Sie bitte die Störung!", beendete Nick rasch das Gespräch.

„Mist! Versuch gleich den Nächsten! Diesen, diesen Herbert Joachimsbauer."

„Der wohnt direkt in Lilienthal, da könnten wir eigentlich auch gleich mal vorbeifahren!"

Am Anger 6 war ein hübsches Bauernhaus mit geraniengeschmückten Fenstern am Ortsrand. Hinter dem Haus war ein riesiger Stall zu sehen. Man hörte Kühe muhen und Schweine grunzen. Es sah viel versprechend aus. Bestimmt gab es hier auch Pferde. Carolin wurde ganz kribbelig. An der Haustür gab es keine Klingel.

Carolin sah Nick an. „Wir klopfen?"

„Wir klopfen", nickte Nick. Sie klopften sogar mehrmals, doch niemand schien sie zu hören.

Carolin drückte probehalber die Klinke runter und zu ihrer Überraschung öffnete sich die Tür und ließ den Blick frei auf einen langen, düsteren Hausflur.

„Komm!", winkte sie Nick aufgeregt zu.

„Mann Caro, wir können da nicht einfach so reingehen. Das ist Hausfriedensbruch. Die können die Bullen rufen …"

„Feigling", zischte Carolin ihm zu. Um Sternentänzer zu finden, würde sie jedes Risiko eingehen. „Mehr als rauswerfen können sie uns nicht!"

Bevor Nick etwas erwidern konnte, stellte sich Carolin in den Hausflur, legte die Hände an den Mund und rief: „Hallo! Ist hier jemand? Hallo!", und kam sich dabei ziemlich doof vor. Nick war draußen vor der Tür geblieben und beobachtete von weitem, was da vor sich ging. Auf einmal wurde direkt neben Carolin eine Tür aufgestoßen und sie fuhr erschrocken zusammen. Auf der Schwelle stand ein großer Mann mit kurzen dunklen Haaren in Jeans und T-Shirt.

„Äh, tut mir Leid, äh, dass ich, äh … ja … ich …", stotterte Carolin los.

„Was willst du denn?", fragte der Mann nicht unfreundlich.

Beim warmen Klang seiner Stimme fasste Carolin neuen Mut. „Sind Sie Herr Joachimsbauer? Herbert Joachimsbauer?“

Der Mann nickte. „Bin ich.“

„Haben Sie, äh, haben Sie auf Ihrem Hof auch Pferde?“

Der Mann nickte wieder. „Hab ich.“

„Haben Sie auch Araber?“

Wieder nickte der Mann nur. „Hab ich auch.“

Dem musste man ja wirklich jedes Wort aus der Nase ziehen. „Haben Sie die neu gekauft?“

Jetzt nickte der Mann nicht einmal mehr, er sah sie nur noch fragend an. „Worum geht's eigentlich?“

Jetzt griff Nick ein. „Haben Sie vielleicht auch einen weißen Araber?“

Bittebittebitte, sag ja! Carolin schickte ein Stoßgebet nach dem anderen gen Himmel.

Jetzt nickte der Mann wieder. „Ja, hab ich auch.“

Jippieii! Carolin machte vor Freude einen Luftsprung. Volltreffer! Sie hatten Sternentänzer gefunden!

Am liebsten wäre sie dem wortkargen Herrn Joachimsbauer, der noch immer auf der Schwelle stand und verständnislos von Carolin zu Nick und wieder zurück blickte, um den Hals gefallen.

Doch die Antwort auf Nicks nächste Frage machte all ihre Freude wieder zunichte. „Haben Sie den weißen Araber auf dem Pferdehof Lindenhain gekauft?“

Diesmal schüttelte der Mann den Kopf. „Hab ich nicht.“

Carolin schielte zu Nick. Vielleicht log der Mann ja, vielleicht wollte er aus irgendwelchen Gründen nicht sagen, dass er das Pferd von Lindenhain hatte. Bestimmt war das so. Sie fasste all ihren Mut zusammen. „Dürfen wir diesen weißen Araber mal sehen?“

Wenn er jetzt Nein sagt, dann ist alles klar, dachte Carolin, *dann ist es Sternentänzer. Dann müsste man vielleicht die Polizei …*

Doch der Mann nickte wieder. „Ja, sicher. Wenn dann diese dämliche Fragestunde aufhört. Kommt mit.“

Er stiefelte aus dem Haus und marschierte Richtung Schuppen. Nick und Carolin folgten ihm. Es bestand noch eine ganz kleine, winzig kleine Chance, dass es doch Sternentänzer war. Die Chance war zwar gering, aber es gab sie noch. Allerdings nicht mehr lange.

Im hinteren Teil des Stalles befand sich eine Pferdebox. „Butterfly“ stand mit Kreide auf einer Schultafel geschrieben und war wohl der Name des Pferdes. „Hier, bitte.“ Er öffnete die Box und Carolin wurde ganz schlecht vor Enttäuschung. Es war ein weißer Araber, wunderschön, elegant, stolz, aber es war nicht Sternentänzer.

Tieftraurig zogen sie wieder ab und fuhren zurück nach Lindenhain. Sie holten sich eine Dose Cola und setzten sich auf die Bank.

„Tja“, seufzte Nick, „dann bleibt uns jetzt nur noch dieser Giacomo Scheiderwind.“ Er zog seinen Zettel aus der Tasche. „Nur dummerweise hab ich den über die Auskunft nicht gefunden.“

„Na toll, und wo sollen wir den jetzt suchen?“

„Wir könnten Gunnar fragen, aber erstens ist er auf einer Pferdeauktion in Madrid und zweitens müsste ich ihm dann allerhand erklären.“

„Na und? Dann lass dir doch was einfallen. Wie ich Gunnar kenne, hat er sicher irgendeine Notfallnummer dagelassen.“ Carolin sah Nick an. „Bitte Nick, versuch's wenigstens. Bitte!“

Nick legte den Arm um sie. „Wenn du mich so ansiehst, kann ich dir gar nichts abschlagen. Außerdem interessiert es mich ja auch, wo unser Sternentänzer abgeblieben ist!“

Carolin machte sich los. „Dann ruf an, los, schnell, ruf an!“

Nick stand auf. „Ich ruf vom Büro aus an.“

Nach ein paar Minuten kam er wieder zurück. Schon von weitem schwenkte er einen Zettel.

„Ich hab's“, rief cr.

Carolin blickte ihm erwartungsvoll entgegen. „Und?“

„Giacomo Scheiderwind ist Schausteller.“

„Schausteller?“, wiederholte Carolin entgeistert. Sie holte tief Luft. „Nick, denkst du, was ich denke?“

Sie sah den armen Sternentänzer schon vor sich, wie er mit quengelnden Kindern auf dem Rücken im Kreis marschieren musste. Stundenlang ohne Pause, ohne etwas zu fressen oder einen Schluck Wasser, im Lärm und Trubel eines Jahrmarkts.

Nick nickte. „Doof!“

Carolin sprang auf. „Wir müssen zu dem Typen hin! Jetzt gleich.“

„Moment“, bremste sie Nick. „Gunnar wusste natürlich nicht auswendig, auf welchem Fest der Typ mit seinen Pferden gerade ist.“

Carolin ließ mutlos die Schultern sinken. „Und wie sollen wir das bitte jemals herausfinden? Von einem Fest zum anderen tingeln?“

Nick grinste breit. „Nicht verzagen, Nick fragen! Ich suche alle Infos über den Schaustellerverband heraus.“

„Mann, Nick.“ Carolin seufzte erleichtert. „Dann lass uns gleich anfangen!“

„Nee.“ Nick schüttelte den Kopf. „Morgen Früh.“

„Ich halt das nicht so lange aus, Nick! Ich dreh am Rad! Ich werd verrückt!“

„Es hat keinen Sinn, Caro. Wer weiß, wo die Festwiese ist? Vielleicht ewig weit weg? Dann kommen wir an und es ist stockfinster? Morgen, Caro.“

Carolin war zwar enttäuscht und traurig, doch sie musste einsehen, dass Nick Recht hatte.

Eine heiße Spur

Es wurde eine scheußliche Nacht. Eigentlich schon ein scheußlicher Abend, denn Ines merkte natürlich, dass sie völlig neben sich zu stehen schien und mit einer Leichenbittermiene durch die Wohnung schlich. Sie wollte nicht einmal Fischstäbchen, ihr Lieblingsgericht, essen. Ines bohrte und bohrte, belauerte Carolin mit Argusaugen und schlich ihr ständig hinterher.

„Schatz, was ist denn mit dir los?“, fragte sie ständig mit sorgenvollem Mutterblick.

„Nichts, Mam, gar nichts. Mir geht's gut“, versicherte Carolin mit nicht zu überhörendem Zittern in der Stimme, was ihre Mutter natürlich merkte.

„Ach komm, du hast doch was, ich kenn dich doch.“

„Nein, nein, alles in Ordnung“, versicherte Carolin und schüttelte den Kopf so heftig, als müsste sie eine ganze Horde Hornissen verjagen, die um ihre Ohren herumschwirrten.

„Du hast kein Vertrauen zu mir. Offenbar bin ich eine schlechte Mutter“, sagte Ines dann mit enttäuschtem

Gesicht und den Tränen nahe. Dadurch fühlte sich Carolin gleich noch schlechter. Irgendetwas musste sie jetzt sagen. „Es ist nur … in der Schule, es läuft alles nicht ganz so gut“, sagte sie dann, was aber die völlig falsche Ausrede war, wie sich gleich zeigte.

„Aber du hast doch Ferien?“, wunderte sich Ines.

Caro fuhr zusammen. Daran hatte sie gar nicht mehr gedacht. Es waren ja gerade Herbstferien. Es war aber auch wirklich kein Wunder, dass sie langsam die Kontrolle über ihr Leben verlor.

„Äh, na ja, aber bald ist wieder Schule, und schon vorher war alles so schwierig und da mache ich mir jetzt schon so meine Gedanken. Es wird ja bestimmt nicht leichter in der nächsten Zeit …“

Wieder voll daneben. Ines stand auf und stemmte die Hände in die Hüfte. „Siehst du, das kommt davon. Weil du nur noch bei den Pferden rumhängst und dich nicht mehr um deine Hausaufgaben kümmerst. Das musste ja so kommen! Das muss im nächsten Schuljahr aufhören, hörst du, Carolin!“

Volles Eigentor. Carolin drehte die Augen zum Himmel. „Mann, Mam, so schlimm ist es auch wieder nicht. Ich krieg das schon hin.“

„Hinkriegen, was heißt das: Hinkriegen? Es geht um deine Zukunft Carolin! Hinkriegen reicht nicht!“

„Ja, ich kümmere mich darum“, stöhnte Carolin und machte Anstalten nach oben zu gehen. „Am besten, ich fange gleich an zu lernen.“

Oben schloss sie die Tür hinter sich und ließ sich auf ihr Bett fallen. Noch drei Stunden bis zum Schlafengehen und eine ganze Nacht bis zum nächsten Morgen. *Was mach ich denn jetzt nur?*, überlegte Carolin. Lernen war nicht nötig, denn sie war in der Schule gar nicht so schlecht. Sie holte sich ein Pferdebuch aus dem Regal, doch sie konnte sich nicht konzentrieren. Unruhig stand sie wieder auf und tigerte nervös auf und ab. Dabei blickte sie immer wieder aus dem Fenster, starrte kurz in den Himmel und beobachtete, wie die Wolken langsam vorbeizogen. Allerdings wurde sie dabei nur noch kribbeliger. Sie las ein bisschen, dann hockte sie sich in den Fensterrahmen, zog die Beine an und guckte erneut in den Himmel. Es war eine wunderschöne, sternenklare Vollmondnacht. Eine Sternentänzer-Nacht. „Ach, Abendstern", seufzte sie. „Kannst du mir nicht sagen, wo Sternentänzer ist?" Ob Nick in der Zwischenzeit den Festplatz ausfindig gemacht hatte?

Nick hatte. Als endlich die Nacht vorbei war, radelte Carolin, noch bevor Ines aufgestanden war, wie der Blitz nach Lindenhain. Von Nick war auf dem Hof weit und breit keine Spur zu sehen. Gerade jedoch, als sie anfangen wollte zu schimpfen wie ein Rohrspatz, knatterte er mit seinem Motorrad um die Ecke.

„Hier." Er hielt Carolin einen Helm hin. „Wir fahren gleich los. Ich kann nicht lange wegbleiben, sonst zieht mir Gunnar die Ohren lang bis zum Nordpol!"

„Na, dann los!" Carolin setzte sich dicht hinter ihn und klammerte sich an seiner Lederjacke fest. „Und wohin?"

„Fahrenhausen. Festwiese. Dort muss der Typ mit seinem Reitkarussell im Moment sein."

„Ist das weit?“

„Eine gute Stunde auf dem Motorrad.“

Carolin war heilfroh, als sie endlich ankamen. Es war ziemlich frostig auf dem Motorrad. Der Fahrtwind blies ihr scharf ins Gesicht. Außerdem war es anstrengend, sich an Nick fest zu halten. Die Muskeln in ihren Oberschenkeln brannten so, als wäre sie fünf Stunden ausgeritten.

Der Festplatz in Fahrenhausen lag am Ortsrand auf einer großen Wiese. Lautsprecher verbreiteten schon am Morgen Discomusik. In der Luft hing der Geruch von gebrannten Mandeln, Bratwürsten und Zuckerwatte. Und über allem thronte die Gondel eines Riesenrads. Eine Achterbahn rumpelte vorbei, aus der Geisterbahn kamen spitze Schreie und vor dem Autoscooter drängelten sich ein paar Halbstarke. Wegen der Herbstferien war der Rummelplatz schon früh am Tag gut besucht.

Nachdem Nick sein Motorrad am Rande der Wiese abgestellt hatte, marschierten sie mit strammen Schritten durch die Reihen. Auf einmal blieb Nick abrupt stehen. „Warte mal“, sagte er.

„Was denn?“

„Was wollen wir denn machen, wenn wir ihn tatsächlich finden?“, fragte er.

„Mitnehmen natürlich!“

„Wie denn? Wie sollen wir ihn denn transportieren? Ans Motorrad binden? Außerdem wäre es Diebstahl!“

Carolin war fest entschlossen. „Mir doch egal.“

Nick schüttelte den Kopf. „Hör mal, Carolin. Du versprichst mir, dass du nichts Unüberlegtes tust, okay?"

Das konnte Carolin nun wirklich nicht versprechen. Zum Glück hatte sie gerade das Pferdekarussell entdeckt und konnte sich so ganz bequem um eine Antwort drücken. „Da vorne ist es, schau!"

Am Rand des Festplatzes war das Karussell aufgebaut. Eine kleine runde Bühne mit rotem Dach, auf dem mit glänzend goldener Farbe in großen Buchstaben stand: „Pferdereiten für Groß und Klein". Sechs Pferde trotteten im Kreis. Mit hängenden Köpfen und traurigen Augen. Wie Automaten gingen sie keuchend im Kreis, ohne den Kopf zu heben oder die Ohren zu spitzen. Tiere ohne Kraft und Lebensfreude.

In der Mitte stand ein muskulöser Mann mit einem dicken Schnurrbart. Eine Hand hatte er tief in der Hosentasche vergraben, während er die andere dazu gebrauchte, laut mit der Peitsche zu knallen.

Jetzt war die Runde vorbei. Doch der nächste Schwung Kinder stand schon bereit. Den Pferden wurde nicht einmal eine kleine Pause gegönnt.

Als alle Pferde wieder mit Kindern beladen waren, startete die nächste Runde.

„Sieh dir mal das gescheckte Pony an", raunte Carolin. „Das arme Tier bricht doch jeden Moment zusammen!"

Der Rücken hing durch und die Hufe sahen schlimm aus. Ein Hufeisen fehlte, das Fell war struppig und beim nächsten Pony war der Rücken kahl gescheuert. Die Augen schimmerten trüb bei allen.

Auf einem Pferd saß ein viel zu großer Junge, dessen Füße schon fast auf dem Sägemehlboden schleiften. Er versuchte immer wieder, das Pferd anzutreiben, indem er mit den Absätzen seiner Cowboystiefel gegen die Hinterbeine schlug.

„Hallo, Sie!“, rief Carolin dem Mann in der Mitte bei der nächsten Pause zu.

Er reagierte nicht.

„Hallo!“

Dann kam er doch und musterte sie misstrauisch. „Was?“

Als er so vor ihr stand und sie mit düsterem Blick ansah, bekam Carolin doch Angst vor der eigenen Courage. Verschüchtert zog sie den Kopf ein.

„Was?“, wiederholte er böse.

Carolin nahm all ihren Mut zusammen. „Haben Sie noch mehr Pferde?“, fragte sie schließlich.

„Und was geht dich das an? “, knurrte er.

„Nicht, nichts, gar nichts, ich ...“

„Ich schreibe eine Arbeit. Ein Referat, über ... über Pferde und Jahrmärkte“, kam ihr Nick zu Hilfe. „Und da recherchieren wir so ein bisschen ... so ganz allgemein ... so ...“

„Nick will nämlich später mal Veterinär werden!“, stimmte Carolin schnell ein.

„So, so!“, der Bösewicht schien schon etwas milder gestimmt. „Und was recherchiert ihr bei mir?“

„Na ja, wie viele Pferde es braucht, um so ein Karussell in Schwung zu halten ...“

„Genau“, stimmte Carolin ein. „Schließlich ist der

Jahrmarkt ja bis spät abends geöffnet, da müssen die Pferde doch mal ausgewechselt werden, oder? Und Sie müssen sich doch auch mal eine Pause gönnen, bei einem so anstrengenden Job! Ist doch bestimmt anstrengend, oder?“

„Tja“, murmelte der Typ geschmeichelt. „Schon. Schon. Muss man im Blut haben, um durchzuhalten. Kann nicht jeder!“

„Und? Haben Sie noch mehr Pferde?“, hakte Carolin nach.

„Klar. Die stehen da hinten!“

Der Lautsprecher kündigte die nächste Runde an. Alle Pferde waren wieder mit einer Ladung Kinder bepackt und die Musik fing an zu dudeln. Der Mann ging zurück in die Runde und knallte mit der Peitsche.

Carolin verdrehte genervt die Augen. „Jetzt sind wir auch nicht schlauer!“

„Caro. Ich glaub nicht, dass er Sternentänzer hat.“

„Und woher willst du das wissen? Er hat noch andere Pferde, das hast du ja gerade gehört!“

„Sei doch nicht immer so ungeduldig!“

Carolin stampfte wütend mit dem Fuß auf. „Jede Minute ist kostbar, verstehst du das nicht?!“ Sie deutete auf die Pferde, die vor sich hin trotteten. „Wenn ich mir vorstelle, dass Sternentänzer so ein erbärmliches Schicksal droht!“

„Carolin, komm runter! Ich glaub echt nicht, dass jemand ein Pferd wie Sternentänzer hier verheizt!“

Carolin funkelte ihn wütend an. „Denkst du, die Pferde haben schon immer so ausgesehen? Meinst du nicht, die waren auch mal schön und stark? Wie Sternentänzer?“

„Die armen Tiere, hast ja Recht!“

„Sie haben ihnen jeglichen Willen gebrochen.“ Als sie bemerkte, dass Nick auf ihre Seite schwenkte, beruhigte sie sich ein wenig. „Meinst du, die können sich jemals wieder aufrappeln?“

„Tja“, schnaufte Nick. „Schätze schon. Wenn sie ein paar Sommer auf einer Wiese stehen dürften und einfach nur vor sich hin grasen könnten …“

„Was sie wohl nie können werden …“

„So sieht's aus“, nickte Nick betroffen.

„Kann man den schmierigen Typen nicht drankriegen? Wegen Tierquälerei?“

Nick zuckte mit den Schultern. „Der Begriff Tierquälerei ist leider dehnbar wie Kaugummi.“

Die Musik war zu Ende. Eine hellbraune Haflingerstute hielt bei Carolin. Sie streichelte ihren Hals und verscheuchte die Fliegen, die sich hartnäckig in ihren dunklen Augen eingenistet hatten. Dann hüpfte Carolin mit einem Satz über das Geländer und stürzte auf den Peitschenmann zu.

„Sorry. Sagen Sie, würden Sie uns Ihre Ersatzpferde vielleicht mal zeigen?“

„Warum?“ Er zog misstrauisch die Augenbrauen zusammen.

„Nur so.“

Er zuckte mit den Schultern. „Meinetwegen“, und peitschte die nächste Runde ein.

Vor der nächsten Runde übergab er dann die Peitsche

an einen Kollegen und deutete mit einer Kopfbewegung an, dass sie ihm folgen sollten. Er führte sie über zertretenes Gras bis zu einem Landrover mit einem Hänger.

„In dem Hänger sind meine besten. Zwei Araber, Mondlicht und Sternschnuppe“, kündigte er an.

Sternschnuppe? Carolins Beine begannen zu zittern.

„Dann wollen wir mal“, sagte er gemächlich und öffnete die Tür. Carolins Herz klopfte wie ein Pressluft-hammer. Umso größer war die Enttäuschung.

„Oh“, machte Nick, der es zuerst wagte, einen Blick hineinzuwerfen.

Carolin drängelte ihn zur Seite. Sternentänzer war nicht dabei. Da standen zwei Araber. Alte, abgehalfterte schwarze Araber, die schon bessere Zeiten erlebt hatten. Carolin war so enttäuscht, dass ihr die Tränen über die Wangen kullerten. Wieder nichts! Und das war definitiv die letzte Chance gewesen.

Das Versteck im Wald

Der Herbst hielt Einzug mit Stürmen und kürzeren Tagen. Nach der Pleite mit dem Jahrmarkt wusste Carolin nicht mehr, wo sie Sternentänzer suchen sollte. Sie hatte keine Ahnung, was sie noch tun konnte. Es gab Tage, an denen war sie voller Zuversicht, dass sie ihn wieder finden würde. Und es gab Tage, an denen hatte sie so große Angst, ihn nie wieder zu sehen, dass sich alles in ihr zusammenkrampfte. Ihre Sehnsucht nach ihm war so stark, dass es wehtat. Sie wurde immer blasser und stiller. Ines schleppte sie vor Sorge sogar zum Arzt, der natürlich nichts fand und nur ein paar Vitamin- und Eisentabletten verschrieb. Bis eines Tages Nick von einer heißen Spur erzählte, die in den Wald führte.

Die Sonne war bereits halb hinter dem Horizont verschwunden. Durch eine Schneise im Wald fuhren sie mit den Fahrrädern hinab zu einem See, an dem ein Campingplatz mit vielen Wohnwagen lag. Als sie der Schneise folgten, legte Nick Carolin die Hand auf die Schulter.

„Ganz leise", ermahnte er sie. Carolin zuckte zusammen, als es im Unterholz raschelte, aber es war nur ein Reh, das das Weite suchte. Sonst war alles still. Feuchtigkeit senkte sich herab und legte sich wie eine kühle Decke über das Gras.

„Und hier soll Sternentänzer versteckt sein?", fragte Carolin leise.

„Das sagt zumindest mein Freund vom Campingplatz", bestätigte Nick. „Irgendwo da hinten gibt es eine alte Scheune. Normalerweise steht sie leer und mein Freund kommt manchmal mit seiner Freundin hin. Du weißt schon …"

„Ich weiß", nickte Carolin, hatte aber keine Ahnung, wovon er sprach.

„Jedenfalls wollte er sich gestern wieder mit ihr dort treffen, aber da stand ein Pferd drin. Er hat mich gleich angerufen, weil er dachte, es sei von Lindenhain ausgebüchst. Und der Beschreibung nach muss es sich um Sternentänzer handeln."

„Und wenn es wieder nur Fehlalarm ist?" Carolin wagte es kaum auszusprechen.

„Wenn du umdrehen willst …"

„Nein, nein, wir müssen jeden Strohhalm nutzen, und wenn er noch so dünn ist", beeilte sie sich zu sagen. Sie klapperte mit den Zähnen vor Aufregung und Kälte. Sie fühlte ein Flattern im Magen und einen dicken Kloß im Hals. Und irgendwo tief drinnen hatte sie ein Gefühl, als ob …

Der Weg führte weiter leicht bergab an Feldern vorbei. Sie mussten höllisch aufpassen, denn in den ausgefahrenen Traktorspuren lagen immer wieder dicke Steine, um die sie herumsteuern mussten. Einmal schaffte es Carolin nicht rechtzeitig. Das Rad rutschte ihr weg und sie stürzte auf den Wegrand.

Nick bremste sofort, um ihr aufzuhelfen, doch Carolin war schon wieder auf den Beinen.

„Nix passiert", beruhigte sie Nick. „Ich muss mir nur eine Erklärung einfallen lassen, warum meine frisch gewaschene Hose schon wieder so dreckig ist."

Sie näherten sich einer Ansammlung von Büschen, die ihnen den direkten Blick auf den Uferweg und einen kleinen Holzbau mit großer Schiebetür verwehrten, der versteckt zwischen Schilf und Ufer stand. Bei den Büschen blieben sie stehen und spähten zur der Scheune. Die Räder legten sie dort ab und liefen geduckt weiter.

„Keiner da!", flüsterte Nick und näherte sich vorsichtig der Scheune.

Carolin folgte ihm. Sie konnte es kaum erwarten, Sternentänzer endlich wieder in die Arme zu schließen.

Nick legte warnend einen Finger auf die Lippen. Sie duckten sich und schlichen vorsichtig an eines der Fenster heran. Carolin richtete sich vorsichtig auf und blickte hinein. Was sie sah, ließ ihren Atem stocken. Nick hatte sich getäuscht. Es war jemand da.

Stone stand breitbeinig vor Sternentänzer und hielt die Peitsche in der Hand. Neben ihm der Typ mit der fleischigen Narbe, der Sternentänzer von Lindenhain abgeholt hatte. Stone zog die Peitsche über den Boden, dicht neben Sternentänzers Beinen. „Komm schon, du blöder Gaul, zeig mir, was du kannst", hörten sie seine tiefe brutale Stimme. „Zeig mir deine Tricks!"

Zack! Zack! Zack, knallte er mit der Peitsche auf den Boden. Carolin zuckte bei jedem Schlag zusammen. Ihr Herz raste. Sternentänzer schnaubte ängstlich und seine Hufe trampelten nervös auf dem harten Scheunenboden.

Carolin kauerte sich zusammen und drückte sich ängstlich gegen die Holzwand. Dabei machte sie sich so klein sie nur konnte und umklammerte ihre Knie. Wieder knallte die Peitsche. *Zack! Zack!*

„Wie willst du's? Soll ich tanzen, singen, ein Zauberwort sagen?" Er klatschte mit der Peitsche ein zweites Mal auf den Boden. „Bitteschön. Abrakadabrasimsalabim. Na, los! Bei der Kleinen funktioniert's doch auch!"

„Hat wohl keinen Sinn, Chef", hörten sie eine zweite Stimme. Die von dem Narbenmann.

„Ich krieg das blöde Vieh noch klein, das schwör ich dir! So wahr ich Frank Stone heiße ..."

Sternentänzer schüttelte stolz sein Haupt und verzog keine Miene.

„Hab's doch mit eigenen Ohren gehört, wie sie's diesem Stallburschen erzählt hat!" Abermals holte Stone mit der Peitsche aus, doch diesmal ließ er sie direkt auf Sternentänzers Rücken niedersausen.

Carolin zuckte zusammen, schluckte und schloss die Augen. Ihr Magen krampfte sich zusammen. Sie konnte es nicht mehr ertragen. Heiße Tränen brannten in ihren Augen. *Du widerlicher Tierquäler, du abscheulicher, widerlicher Tierquäler.*

Zack! Zack! Zack! „Wird's bald, du blöder Gaul!"

„Was genau hat die Kleine denn dem Stallburschen erzählt?", knurrte der Narbenmann.

„Was weiß denn ich!"

„Hättest ruhig besser hinhören sollen!"

„Halt's Maul."

Sternentänzer hatte die Ohren angelegt und blickte starr vor sich hin.

Eine Weile war Stille, dann sprach wieder der Narbenmann. „Ist doch ganz einfach, Chef!"

„Was?" wieder knallte die Peitsche.

„Wenn wir's nicht selber rausfinden, müssen wir uns eben die Kleine vorknöpfen. Hähähä, und wie man Menschen zum Reden bringt, weiß ich ja."

Carolins Herz rutschte in die Hose, als sie diese wüste Drohung hörte.

Wütend warf Stone die Peitsche in die Ecke. „Halt dich da raus. Ich will keinen Ärger. Hast du verstanden? Du lässt die Kleine in Ruhe! Vorerst jedenfalls!"

„Komm schon, wir müssen weg, bevor er uns entdeckt!", flüsterte ihr Nick zu.

Doch Carolin konnte sich nicht mehr bewegen; konnte ihren Blick nicht von Sternentänzer lösen. Am liebsten wäre sie zu ihm gegangen und hätte ihr Gesicht in sein seidenweiches Fell gedrückt. Ganz egal, was danach passieren würde.

Mit einem entschlossenen Griff packte Nick Carolin am Arm und riss sie weg. Sie griffen ihre Räder und radelten so schnell es nur ging den ganzen Weg zurück bis zum Campingplatz. Dann fiel die Spannung von ihnen ab. Carolin brach in Tränen aus. „Wir müssen zurück, Nick“, schluchzte sie. „Wir können Sternentänzer da nicht lassen! Die bringen ihn um!“

„Bist du verrückt? Die Typen sind gemeingefährlich!“

„Dann geh ich eben allein“, sagte Carolin und war wild entschlossen, wieder umzudrehen.

Nick packte sie am Arm. „Das wirst du nicht, Caro! Wenn die dich erwischen, machen sie Hackfleisch aus dir!“

Carolin riss sich los. „Ich muss Sternentänzer aber helfen.“

„Wir werden ihm helfen“, versuchte Nick sie zu beruhigen. „Aber lass uns doch erst mal einen Plan machen.“

Carolin konnte nicht aufhören zu schluchzen.

„Plan, Plan, während du deinen doofen Plan machst, wird Sternentänzer gequält!“, stieß sie unter Tränen hervor. „Ich will keinen Plan, ich will Sternentänzer retten, verstehst du!“

Wie von Sinnen wälzte sich Carolin in der Nacht in ihrem Bett hin und her. Einerseits war sie unsagbar glücklich, dass sie Sternentänzer endlich gefunden hatte. Anderseits machte sie der Gedanke daran, wie Stone ihn quälte, halb wahnsinnig. Jede einzelne graue Zelle lief auf Hochbetrieb. Doch es fiel ihr einfach keine Lösung ein. Sternentänzer einfach mitnehmen? Entführen? Und dann, wohin mit ihm? In ein anderes Versteck bringen, das noch weiter weg war? Stone würde ihn suchen und finden. *Und wenn er Sternentänzer nicht findet, sucht er mich. Und wenn er mich nicht findet, dann meine Mutter. Oder meinen Vater. Und schlägt sie so lange, bis sie verraten, wo ich bin.* Es gab nur eine einzige Möglichkeit: Sternentänzer musste ihr helfen. Sie spürte die Zeit verrinnen, als ob eine Zeitbombe in ihrem Körper ticken würde. Kurz vor Mitternacht beschloss sie, nicht länger zu warten.

Barfuß tappte sie über den Flur und schaute beim Vorübergehen in Ines' Zimmer. Ines hatte ihre Baldriantropfen genommen und die Schlafmaske über die Augen gezogen. Eine Weile stand sie vor Ines Zimmer und lauschte den friedlichen Atemzügen ihrer Mutter. Im schwachen Licht, das durch das Fenster fiel, packte sie Taschenlampe und ein Seil in ihren Rucksack und schlich nach unten. Die Treppe knackte unter ihren Schritten.

„Pst, Treppe!", flüsterte sie und versuchte, ihr Gewicht auf das Geländer zu übertragen, um die Stufen zum Schweigen zu bringen. Unten zog sie ihre Gummistiefel an und machte sehr leise die Haustür auf.

Es war eine mondlose, eiskalte Nacht und Carolin war froh, dass sie ihren dicken Daunenanorak angezogen hatte. Es war seltsam, dass es derselbe Weg war, den sie tagsüber mit Nick gefahren war. Tagsüber fürchtete sie sich nie. Auch bei Vollmond sah alles hell und friedlich aus. Jetzt schien der Weg schwarz und bedrohlich. Die großen Bäume sahen aus wie Ungeheuer. „Ihr macht mir keine Angst“, flüsterte Carolin.

Alles war so anders im Dunkeln und sah aus, als ob jemand es angestrichen hätte. Sogar das grüne Gras am Wegrand wirkte schwarz. Kein Laut war zu hören. Carolin pfiff leise vor sich hin. Auf diese Weise kam sie sich nicht ganz so allein vor. So gab es immerhin ein Geräusch, das ihr Gesellschaft leistete. War sie denn noch nicht bald da? Tagsüber war es ihr nicht so weit erschienen. Plötzlich knackte ein Zweig. Irgendwo dicht bei ihr stieß eine Eule einen Schrei hervor und flatterte auf. Carolin begann zu rennen. „Ganz ruhig“, versuchte sie sich selbst einzureden. „Ganz ruhig! Eulen sind überhaupt nicht gefährlich! Für Menschen zumindest nicht.“ Sie raste so schnell sie konnte durch den dunklen Wald. Sie hatte eine Gänsehaut. *Wenn bloß Nick bei mir wäre*, dachte sie.

Nach einer Weile musste sie ihr Tempo verlangsamen. Sie war völlig außer Atem. In einiger Entfernung konnte sie jedoch endlich die Umrisse des Schuppens erahnen.

Ganz vorsichtig drückte Carolin gegen die schwere Holztür. Nichts. Verschlossen. „Verdammter Mist“, fluchte sie. „War ja klar. Warum hab ich daran nicht gedacht? Bin ich denn total bescheuert? Carolin Baumgarten! Bist du wirklich davon ausgegangen, dass hier einfach alles offen steht?“ Sie schüttelte den Kopf über ihre Ignoranz. „Und jetzt?“

Carolin blickte sich um und entdeckte hoch oben

ein schmales Fenster, das einen Spalt offen stand. Sie hatten wohl vergessen es zu schließen, weil es so weit oben war, dass man eigentlich nicht hin konnte. Außerdem war es fast zu schmal, um durchzuschlüpfen. Fast. Doch da war dieser alte Baum, der dicht neben der Mauer stand. Und ein Ast, der direkt vor das obere Fenster führte. Sie streifte ihre Schuhe ab, packte den untersten Ast und schwang sich darauf. Wenn sie etwas gut konnte, dann klettern. Wenn es bloß etwas heller wäre und sie mehr sehen könnte! Tapfer krallte sie ihre Finger in die Rinde und tastete sich voran, als sie sich auch schon den Kopf an einem Ast stieß. Carolin fluchte leise, fasste sich jedoch gleich und kletterte weiter. Bald saß sie direkt vor dem Fenster. Angespannt versuchte sie auf dem dicken Ast, auf dem sie saß, weiterzurutschen. Sie musste näher an das Fenster herankommen.

„Sternentänzer", rief sie leise. „Sternentänzer!"

Drinnen war nichts zu hören. *Ist er vielleicht gar nicht mehr hier? Haben sie ihn vielleicht schon weggebracht?* Sie zog sich weiter über den Ast und verlor dabei fast das Gleichgewicht. „Oh nein!" Sie stöhnte. Es war weit bis zum Boden.

Jetzt war sie ungefähr so weit gekommen wie sie dem Ast zutraute, sie tragen zu können. „Sternentänzer!", rief sie noch einmal.

Plötzlich hörte sie ein leises Wiehern. „Sternentänzer!", rief sie erleichtert und lehnte sich nach vorne, um das Fenster aufzustoßen.

Es knarzte. Fast wäre sie über einen Bretterhaufen gefallen, der gleich an der Tür lag. Sternentänzer drückte sich in die hinterste Ecke des Holzverschlags und blickte mit leeren Augen vor sich hin. „Sternentänzer", flüsterte Carolin. Als das Pferd ihre Stimme hörte, legte es seine Ohren an und wieherte. „Mein Sternentänzer!"

Carolin trat vor ihn und strich ihm über die Nüstern, die aufgeregt bebten. Sie merkte gar nicht, dass ihr die Tränen über die Wangen rannen. Sie legte die Arme um Sternentänzers Hals und zog seinen Kopf an sich.

„Ich befrei dich, das versprech ich dir", hauchte sie. „Pssst. Leise, Sternentänzer. Niemand darf uns hören."

Er blähte die Nüstern und blies ihr Haferstreu ins Gesicht.

Sie legte den Arm über den Pferderücken. „Es wird alles gut, hab keine Angst. Es wird alles gut!", wiederholte sie immer wieder, mit der Absicht, neben dem Pferd auch sich selbst zu beruhigen.

Auf einmal hörte sie Lärm und blieb stocksteif stehen. Sie spürte, wie ihr Blut in der Halsschlagader hämmerte. Aber dann erkannte sie das Geräusch. Es war nur der Wind. Als sie wieder etwas ruhiger geworden war, band sie Sternentänzer los und führte ihn zur Stalltür, die sich von innen öffnen ließ. „Hör zu, Süßer. Du musst mir helfen, damit ich dir helfen kann." Sie schwang sich mit einem geschmeidigen Satz auf seinen Rücken und griff mit beiden Händen in seine Mähne. „Lauf los, Sternentänzer."

Darum musste sie ihn nicht lange bitten. Er legte die Ohren an und startete durch. Carolin schloss die

Augen. „Ich wünschte, ich wüsste, wie wir Stone das Handwerk legen können." Sie drückte sich ganz fest an Sternentänzer, doch nichts geschah. Kein Ruck, kein wilder Galopp, kein Kettenkarussell in ihrem Kopf. *Es funktioniert nicht*, dachte Carolin verzweifelt. *Warum nur? Noch mal. Du warst lange eingesperrt und ich bin nervös. Wir versuchen's noch mal.* Carolin setzte sich zurecht.

„Ich wünschte, ich wüsste, ob Stone bestraft wird."

Wieder nichts. Enttäuscht ließ Carolin den Kopf sinken. Einen dritten Versuch wollte sie nicht wagen, denn der aufkommende Wind wurde immer heftiger und es regnete schon. Sie trabte zurück zu dem Bretterverschlag, sprang von Sternentänzers Rücken und band ihn wieder an der Stelle fest, wo sie ihn gefunden hatte. Verzweifelt drückte sie ihren Kopf gegen sein weiches, warmes Fell. „Ach, Sternentänzer, was sollen wir denn nur tun? Wo sind nur deine magischen Kräfte geblieben?"

Sternentänzer wieherte leise und stupste sie an. Wieder und wieder, als wolle er ihr irgendetwas sagen. Draußen donnerte es indes in immer kürzeren Zeitabständen. Der Wind heulte und die Blitze zuckten jetzt von allen Seiten. Der Himmel war dunkel. Blauschwarze Wolkenberge türmten sich hinter Tannenwipfeln. Der Donner rollte, als würde gleich die Welt untergehen. *Bis nach Hause schaffe ich es sowieso nicht mehr*, dachte sie. Außerdem wollte sie Sternentänzer in dem Unwetter nicht allein lassen. Sie kauerte sich neben ihn und betete inständig, dass keiner der blendend weißen Blitze in den Schuppen einschlagen möge, und dass Ines genug Baldriantropfen genommen hatte, um nicht aufzuwachen. Ab und zu wagte sie sich ans Fenster. Die Blitze konnte man längst nicht mehr zählen und der Donner war zu einem ununterbrochenen Grollen geworden. Himmel und Erde schienen verbunden in einem unaufhörlichen Flammen und Krachen. Hinter dem Stallfenster leuchteten ständig Blitze. Dann trommelten plötzlich harte Geschosse wie Schrotkörner gegen das Glas – es hagelte, was das Zeug hielt. Carolin fühlte sich klamm und kalt. Ihre Finger krallten sich in Sternentänzers Mähne und sie flüsterte ihm zu, er solle sich nicht fürchten. Doch merkwürdigerweise spürte Carolin selbst keine Angst. Es war unbehaglich, aber sie fürchtete sich nicht. Aus einem unerfindlichen Grund hatte sie das Gefühl, dass sie bei Sternentänzer in Sicherheit war.

War das Schlaf gewesen oder eine Ohnmacht? Plötzlich schreckte sie auf und wusste im ersten Moment gar nicht, wo sie sich befand. Doch als sie Sternentänzers warme Nüstern fühlte, fiel ihr alles wieder ein. Sie stand auf, was gar nicht so einfach war, denn ihre Sachen fühlten sich ganz hart an und wenn sie tief durchatmete, stach es in den Bronchien. Sie sah aus dem Fenster. Es regnete nicht mehr so stark, der Donner verlor sich in der Ferne und sogar ein Streifen klaren Himmels kam zum Vorschein. Schweren Herzens verabschiedete sie sich von Sternentänzer und machte sich auf den Heimweg. Und da wartete eine Überraschung auf sie.

Sternentänzers Geheimnis

Die letzten Meter schob sie das Fahrrad, weil sie keinen unnötigen Lärm machen wollte, aber auch, weil sie der kühle Fahrtwind nur noch mehr schlottern ließ. Das Licht hatte sie vorsichtshalber auch ausgemacht. Alles war still, bis auf das Klappern ihrer Zähne. Doch sie hätte sich alle Vorsichtsmaßnahmen sparen können. Als sie zur Haustür ging, erschrak sie fast zu Tode. Auf den Stufen vor dem Haus kauerte reglos eine dunkle Gestalt. Carolin rieb sich die Augen. Es war ihre Mutter. Unter einem riesigen gelben Regenschirm in dicken rosafarbenen Pantoffeln.

Sie sah Carolin erzürnt und traurig zugleich an. Die beiden steilen Sorgenfalten auf ihrer Stirn waren tief wie die Schluchten des Grand Canyon.

„Wo warst du, Carolin?“, fragte sie gefährlich leise.

Carolin zuckte zusammen. „Ich … ich …“, stotterte sie. Damit hatte sie nun wirklich nicht gerechnet.

„Ich habe die ganze Nacht auf dich gewartet“, sagte Ines wieder ganz leise und bedrohlich.

„Ich …“

Dann stand ihre Mutter auf und schlurfte ins Haus. „Verdammt, Carolin, wo warst du? Ich hab mir solche Sorgen gemacht! Ich wach auf, kann nicht schlafen, will mir einen Melissentee machen und sehe, dass deine Zimmertür sperrangelweit offen steht." Jetzt schrie sie. „Kannst du dir vorstellen, was das für ein Schock für mich war? Was ich mir für Sorgen gemacht habe? Ich wollte schon die Polizei rufen! Es blitzt, es donnert, es regnet, und du bist nicht da …" Die Worte kamen wie aus einer Maschinenpistole.

Carolin zog den Kopf ein und folgte ihr ins Haus. Verdammter Mist! Ausgerechnet jetzt! Wo sie so nahe dran war, Sternentänzer zu befreien.

„Also, Fräulein, wo warst du?", schrie Ines. Ihre Stimme überschlug sich. Jetzt war sie beinahe schon hysterisch.

Wenn ihre Mutter *Fräulein* sagte, war die Lage todernst. Carolin schlotterte. Ihre Zähne klapperten so schnell, dass sie kaum einen Ton herausbrachte. Das Wasser tropfte ihr noch immer aus den Haaren und in den Hemdkragen. Erst jetzt merkte sie, dass sie völlig durchnässt war und bekam einen Hustenanfall.

Der Hustenanfall schien Ines wieder etwas ruhiger zu stimmen. Sie zog ihr die Jacke von den Schultern und schickte sie ins Bad. „Zieh das nasse Zeug aus, sonst holst du dir noch den Tod! Und geh unter die Dusche! Ich koch dir inzwischen einen Tee."

Während sie aus ihren nassen Klamotten schlüpfte, überlegte Carolin fieberhaft. Was sollte sie Ines sagen? Die Wahrheit? Die ganze Wahrheit? Das würde ihre Mutter nie glauben. Außerdem würde sie Carolin dann für den Rest ihres Lebens zu Hausarrest verurteilen. Sie stellte sich unter die Dusche, ließ das warme Wasser über ihr Gesicht prasseln. Das tat richtig gut. *Die Wahrheit zu sagen ist unmöglich!* Einmal musste sie noch zu Sternentänzer. Um jeden Preis. Von unten hörte sie schon den Teekessel singen. *Denk nach, Carolin!* Doch ihr Kopf war wie leergefegt.

„Wo bleibst du denn!" Ines Tonfall war immer noch streng, aber nicht mehr ganz so verbittert wie zuvor. Carolin machte, dass sie runterkam. Sie wollte Ines nicht noch zusätzlich verärgern.

Ihre Mutter stand mit ihren Pantoffeln am Fenster und sah todtraurig aus. „Was mach ich bloß falsch mit dir? Wenn wir zwei das nicht auf die Reihe kriegen, Carolin, dann musst du ins Internat", sagte sie, als Carolin mit hängendem Kopf ins Zimmer trottete und sich in ihrem flauschigen Bademantel in Pauls ehemaligen Lieblingssessel kuschelte. Carolin blieb vor Schreck beinahe das Herz stehen.

Internat? Nein! Nie im Leben!

„Oder du gehst zu deinem Vater, das wäre auch eine Möglichkeit", wütete sie weiter.

In die weiße Wohnung mit den weißen Sachen zu Allergie-Rosanna. Carolin zuckte zusammen. Nein, danke!

„Also, Carolin, wo warst du?" Ihre Stimme wurde immer biestiger.

Carolin drückte sich so tief in den Sessel, dass sie beinahe eins wurde mit den Polstern und entschloss sich doch zur Wahrheit. „Ausreiten."

Ines schlurfte in ihren Pantoffeln auf den Sessel zu. „Ausreiten? Bist du denn von allen guten Geistern verlassen?“, wetterte sie.

Statt einer Antwort flüchtete sich Carolin in einen dicken Hustenanfall.

„Es schüttet, es ist stockfinster, es ist mitten in der Nacht und das Fräulein geht ausreiten?“ Sie wedelte mit der flachen Hand vor Carolins Gesicht herum.

Der nächste Hustenanfall erreichte wohl Ines' Mutterherz, denn sie wurde versöhnlicher. „Das hat heute wohl keinen Sinn mehr. Geh ins Bett. Wir sprechen morgen. Tja, morgen ist gut.“ Sie sah auf ihre Uhr. „Es ist halb vier.“ Sie schüttelte den Kopf über ihre missratene Tochter. „Ich glaub's einfach nicht, Carolin! Los, verzieh dich! Geh ins Bett! Ich will dich nicht mehr sehen! “

Das ließ sich Carolin nicht zwei Mal sagen. Wie der Blitz rannte sie nach oben und kuschelte sich in ihre Decke. Ihre Gedanken waren bei Sternentänzer. *Warum nur hat Sternentänzers Magie nicht funktioniert? Gehört vielleicht eine Art Zauberspruch dazu? Oder ein Zauberwort, das ich bisher zufällig immer dazu gesagt habe? Oder habe ich mir am Ende doch alles nur eingebildet?* Sie fiel in einen unruhigen Schlaf, geschüttelt von Hustenkrämpfen und Albträumen. Was genau sie geträumt hatte, wusste sie am Morgen nicht mehr. Aber sie war traurig, als sie erwachte.

Schlapp und hustend wie eine Schwindsüchtige schlich sie in die Küche.

„Mam?" Nichts. Auch im Wohnzimmer keine Spur von Ines. Sie war weg. Carolin untersuchte alle Marmeladegläser. Nichts. Dorthin pappte Ines sonst immer einen Zettel mit einer Nachricht, wenn sie weg war, ohne es ihr vorher zu sagen. *Merkwürdig*, dachte Carolin. *Keine Standpauke? Kein Theater? Nichts? Kein gutes Zeichen! Vielleicht schmiedet Mam bereits grässliche Rachepläne und sammelt schon mal Adressen von Internaten ein? Besichtigt schon das erste? Bespricht mit Paps und Rosanna den Umzug?*

Egal. Sternentänzer war jetzt wichtiger. Carolin rannte ins Bad und kramte hektisch ihre Hosentaschen durch. Wo hatte sie das Papier aus der Bücherei bloß hingesteckt? Die Brillenschlange hatte so gedrängelt, dass sie es einfach schnell irgendwohin gepackt hatte. Aber wohin? In ihre Jeans! Wo war die? Im Wäschekorb! Carolin raste ins Bad und untersuchte den Wäschekorb. Glück gehabt, die Jeans war noch da! Zittrig fingerte sie das zerknüllte Papier raus, aber dummerweise hatte sie in einem unachtsamem Moment einen Kaugummi darin eingewickelt und bekam es nicht mehr auseinander. Verdammt! *Das kommt von deinen doofen Kaugummis, liebe Carolin.* Wie oft hatte sich Ines schon darüber aufgeregt, dass sie die überall herumliegen ließ. Wie oft war ihr, Carolin, das völlig egal gewesen. Und jetzt? Wasser? Hilft nichts gegen Kaugummi. Sie zerrte an den rosafarbenen Gummisträngen; zog sie hoch in die Luft wie Mozzarella auf der Pizza. Nichts zu machen. Irgendwie musste der dämliche Kaugummi doch wegzukriegen sein? Mit Putzmittel? Sie inspizierte Ines' Giftschrank. Meister Proper? Abflussfrei? Terpentin könnte funktionieren. Doch ausgerechnet die Flasche war natürlich leer. Verdammt, dann musste sich noch mal in die Bibliothek. Aber wie sollte sie auf die Schnelle ohne Sebastians Hilfe den Link wieder finden?

Als sie völlig verzweifelt durch das Wohnzimmer schritt, fiel ihr Blick auf einmal auf Ines' Nagellackentferner. *Total giftiges Zeug*, pflegte Ines immer zu sagen. *Es gibt nichts, was das nicht wegätzt.* Ganz vorsichtig machte sie sich mit Nagellackentferner und einem spitzen Messer an die Arbeit und schaffte es, den Zettel zu befreien.

In einer stürmischen Vollmondnacht schlägt ein Blitz in eine jahrhundertealte Eiche und eine Sternschnuppe fällt vom Himmel. Im gleichen Moment wird ein wunderschöner Schimmel mit einem kleinen schwarzen Stern auf der Stirn geboren. ... Er verfügt über außergewöhnliche Kräfte, er kann in die Zukunft blicken. ... Doch Unzählige sind an ihm gescheitert. Denn seine magischen Kräfte erfährt nur, wer sein Vertrauen besitzt.

Wieder und wieder las Carolin die Zeilen, bis sie vor ihren Augen verschwammen. Die letzte Nacht war ziemlich stürmisch gewesen, doch das hatte nichts geholfen. Außerdem waren die anderen Nächte, in denen Sternentänzers Magie funktioniert hatte, klar gewesen. Sternschnuppen hatte Carolin zum letzten Mal in ihrem Urlaub mit Ines auf Griechenland gesehen und Eichen gab es rund um Lindenhain wenige. Dort wuchsen fast nur Linden. Blieb die Vollmondnacht. Je länger Carolin darüber nachdachte, desto klarer wurde es ihr: Sternentänzers Magie funktionierte nur in Vollmondnächten.

Und gestern war ganz sicher keine Vollmondnacht gewesen. Aber wann dann? Gestern war der Himmel so wolkenverhangen gewesen, dass sie nicht einmal wusste, ob der Mond zu- oder abnehmend war. Sie ging wieder nach unten und holte sich Ines' Mondkalender. Bloß gut, dass ihre Mutter einen Mondfimmel hatte. Sie schwor darauf, ihre Haare nur an bestimmten Tagen schneiden zu lassen. *Die wachsen dann besser*, behauptete sie, obwohl Carolin keinen Unterschied feststellen konnte.

„Der Mond lenkt alles Leben der Erde. Der Mond entscheidet, wann in den Meeren Ebbe und Flut ist. Der Mond lenkt die Körper der Menschen", las Carolin in der Einleitung. „Und der Mond entscheidet, was mit Mams Haaren geschieht", grinste sie. Am Freitag war wieder ein dicker, runder Ball im Kalender eingezeichnet. Das Zeichen für Vollmond. Sie hatte also genau sechs Tage Zeit.

Ihre Mutter kam zurück. Carolin hörte den Schlüssel. Mit dem Fuß kickte sie den Mondkalender unter das Bett, zog sich die Decke bis zum Kinn und versuchte, so leidend wie möglich auszusehen.

Ines öffnete die Tür einen Spalt und sah ins Zimmer. Prompt täuschte Carolin einen Hustenanfall vor.

Ines stürzte sofort an ihr Bett und legte ihr die Hand auf die Stirn. „Du hast Fieber. Du hast dir gestern eine dicke Erkältung eingefangen“.

Wie zur Bestätigung verfiel Carolin erneut in einen heftigen Hustenanfall.

„Unverantwortlich! Sonst sagst du immer, du bist kein Baby mehr, und dann benimmst du dich wie eines. Auszureiten mitten in der Nacht bei schwerem Gewitter. Ich mag gar nicht daran denken, was da hätte passieren können!“ Ines schob die Decke zur Seite und hockte sich an den Bettrand. „Aber gut.“ Sie machte eine bedeutungsschwangere Pause. „Ich habe mich jedenfalls heute Morgen mit deinem Vater getroffen“, erzählte sie, während sie Carolin liebevoll über die Haare strich. – Also doch! „Wir waren beide in der letzten Zeit zu sehr mit unseren eigenen Problemen beschäftigt“, gestand sie ein, ohne aufzuhören, über Carolins Kopf zu streicheln. „Wir – dein Vater und ich – haben beschlossen, dass sich das ändern wird.“

Carolin schielte unter der Decke hervor. Für einen Moment keimte Hoffnung in ihr auf. „Du und Paps, ihr kommt wieder zusammen?“, fragte sie erwartungsvoll.

Ines hörte auf sie zu streicheln und legte ihre Hände in den Schoß. „Nein, das geht nicht mehr mit uns. Das ist vorbei. Aber wir wollen versuchen, wenigstens unsere Verabredungen mit dir einzuhalten.“

Carolin zog die Decke zurück über ihre Augen. *Na toll.*

„Na, dann schlaf erst mal“. Sie drückte Carolin einen

Kuss auf die Stirn. „Ach." Bevor sie ging, drehte sie sich noch einmal kurz um. „Die Haustür wird künftig abgeschlossen und den Schlüssel bewahre ich unter meinem Kopfkissen auf. Also besser, du verlegst deine Reitstunden wieder auf den Tag!"

Verflixt und zugenäht! Carolin boxte mit der Faust in ihr Kopfkissen. Wie sollte sie denn dann zu Sternentänzer kommen?

Die Wahrheit über Stone

„Guten Morgen, die Herrschaften. Wir schreiben heute einen Test.“ Mathelehrer Studienrat Westfal knallte seine abgegriffene Ledertasche auf das Pult und zog einen Stapel Papier hervor.

Carolin fuhr sich entsetzt mit allen zehn Fingern durch die Haare. Ausgerechnet heute. Verzweifelt brütete sie über den Aufgaben. Die Zahlen verschwammen vor ihren Augen. Es kam ihr vor, als wären erst fünf Minuten vergangen, als der Studienrat auf seine Armbanduhr blickte und sagte: „Bitte fertig werden, die Herrschaften!“ Nicht nur sie, sondern der größte Teil der Klasse stöhnte entsetzt auf. Den wenigsten reichte die Zeit, um die Aufgaben zu lösen. Jeder tat noch einmal, was er konnte. Julia schrieb wie besessen die letzte Aufgabe von Heike ab. Tina und Luisa tauschten hinter vorgehaltener Hand Ergebnisse aus, dann schob Luisa Carolin ihr Blatt hin. Doch leider zu spät.

„Bitte abgeben!“ Studienrat Westfal sammelte die Blätter ein. Dann verstaute er die Arbeiten sorgfältig in seiner Aktentasche und verließ mit langen Schritten das Klassenzimmer.

Heike drehte sich gleich zu Tina, die in Mathe ein echtes Ass war.

„Was hast du bei der zweiten Aufgabe raus?“

„Zwölf Millionen dreihundertsechzehn“, erklärte Tina.

Heike verdrehte die Augen. „So ein Mist, ich hab ein anderes Ergebnis!“

„Muss ja nicht heißen, dass meins richtig ist!“, tröstete Tina sie, doch jeder wusste, dass Tinas Ergebnisse meistens richtig waren.

„Hoffentlich doch“, rief Luisa in Carolins Richtung. „Wenn nämlich Tinas Ergebnis stimmt, dann stimmt unseres auch.“

„Meinetwegen!“ Carolin hörte kaum hin. Sie hatte es ohnehin nicht mehr geschafft, rechtzeitig von Luisa abzuschreiben. Aber der Test war ihr sowieso schnurzpiepegal. In der Pause kaufte sie sich eine Schokomilch, stellte sich zu den anderen und hing ihren Gedanken nach.

„Habt ihr gestern den genialen Film im Dritten gesehen?“, fragte Tina.

„Das große Fressen, oder was?“, zog sie Julia auf.

„Das tragische Ende des Modepüppchens …“, gab Tina zurück. „Nein. ‚Drei Freunde auf der Flucht‘, einen amerikanischen Thriller!“

„Hab ich gesehen“, mischte sich Heike ein. „Fand ich ganz schön fies, wie die Mutter sie einfach eingesperrt hat, nur damit sie den Typen nicht mehr treffen konnte.“

„Also ich fand den Typen auch ziemlich eklig, die Mutter hatte Recht", mischte sich Luisa ein. Dann stieß sie Carolin in die Seite. „Hast du den Film auch gesehen? Hallo, Carolin? Jemand zu Hause?"

Carolin schreckte hoch. „Welchen Film? Nein, glaub ich nicht."

„Ich fand's total mutig, wie die sich einfach heimlich abgeseilt hat. Ein paar Knoten ins Leintuch und raus aus dem Fenster, echt cool!"

Plötzlich war Carolin ganz Ohr. Ein paar Knoten ins Leintuch und raus aus dem Fenster. Wie Schuppen fiel es ihr von den Augen. *Das Fenster! Warum habe ich daran nicht schon früher gedacht!*

In den nächsten Tagen zählte Carolin die Minuten. Bis Freitagnacht. In einem Anflug von Kreativität knotete sie ein paar Bettlaken aneinander. Warum sollte das, was im Fernsehen immer klappte, nicht auch im wirklichen Leben funktionieren? Ihr Zimmerfenster lag zwar im ersten Stock, war aber nicht viel höher als ein Apfelbaum. Es ging ja nur um ein kurzes Stück. Das musste doch zu schaffen sein! Dann durch den Garten und über den Gartenzaun. Der Plan war nicht ganz ungefährlich, aber sie durfte diese Vollmondnacht auf keinen Fall ungenutzt verstreichen lassen. Eins war klar, wenn Ines ihr auf die Schliche kam, war der Ärger vorprogrammiert. Dann war wohl tatsächlich Internat angesagt. *Aber ich muss alles auf eine Karte setzen*, dachte Carolin, während sie ihr geliebtes Betttuch mit den Wildpferden in lange, gleichmäßige Streifen riss.

Sie lag unter der Bettdecke und starrte im Licht der Taschenlampe ihren Wecker an. Tausend Gedanken schossen durch ihren Kopf. *Was, wenn sich der Kalender irrt? Nein, Kalender irren sich nicht!* Der Sekundenzeiger mit dem schwarzen Pferd drehte eine Runde nach der anderen. Ticktackticktack. *Und wenn doch? Nur nicht einschlafen. Wenn ich jetzt einschlafe, dann ist alles ruiniert*, dachte sie. *Ich darf jetzt einfach nicht einschlafen!*

Kurz vor zwölf, gerade als ihre Lider tief und schwer wurden, sprang sie mit einem entschlossenen Satz aus dem Bett. Beinahe wagte sie es nicht, aus dem Fenster zu sehen. *Bitte, Mond, sei da, sei voll! Ja!!!* Hinter den Bäumen lugte der große gelbe Mond hervor. Prall und rund. Wie es Ines' Kalender versprochen hatte.

Sie holte ihre Leintuchleiter unter dem Bett hervor. Ihr Herz hämmerte wie wild, als sie daran hinunterkletterte. Sie glitt auf den Boden und schlich leise über den Kies. Wenn Ines' sie jetzt erwischte, dann war alles aus.

Ihre Muskeln schienen vor Anspannung zu vibrieren, als Carolin rasch die dicke Schnur um Sternentänzers Hals löste und ihn ins Freie führte. Sie schwang sich auf seinen Rücken und atmete tief ein.

„Los, Sternentänzer, lauf." Sie drückte sich an ihn. „Ich wünschte, ich wüsste, ob Stone bestraft wird." Kaum hatte sie die Frage vor sich hin gemurmelt, ging ein Ruck durch den Körper des Pferdes. Es setzte sich in Bewegung und galoppierte davon. Schnell wie der Wind. Carolin klammerte sich fest. Sie fühlte sich schwindelig. Alles um sie herum schien sich zu drehen, als säße sie in einem Kettenkarussell. Schließlich sah sie Bilder in ihrem Kopf. *Stone im Auto, davor zwei Polizisten. Sie kontrollieren ihn. Holen ihn aus dem Auto, legen ihm Handschellen an und führen ihn ab. Ein Stück Papier mit seinem Gesicht drauf, aber mit einem anderen Namen. Heller, Jakob Heller, steht unter dem Gesicht.*

Wie in einem Rausch schoss die Bilderflut wieder in schneller Reihenfolge durch ihren Kopf. Schnell, verschwommen, wie durch einen Weichzeichner. Dann wurde Sternentänzer plötzlich langsamer. Er keuchte und lief schwerfälliger, verlangsamte zum Trab und dann zum Schritt.

„Ich muss dich zurückbringen, Sternentänzer", flüsterte sie in seine weichen Ohren, als sie merkte, dass er kurz vor der Scheune scheute. „Ich weiß, dass du nicht willst. Aber es muss sein! Sonst wird Stone misstrauisch! Ich verspreche dir, dass es nur noch für kurze Zeit ist! Ich hol dich da raus!" Sie öffnete vorsichtig das breite Scheunentor, führte ihn hinein und rieb ihn rasch trocken.

Jakob Heller, Jakob Heller, wiederholte sie dabei immer wieder.

Sie musste zu Nick. Jetzt. Sofort. *Mist,* fiel Carolin dann ein. *Ich weiß ja nicht mal, wo Nick überhaupt wohnt!* In der letzten Zeit hatte sie die spannendsten, die schönsten und die schlimmsten Minuten ihres Lebens mit ihm geteilt und eigentlich wusste sie gar nichts von ihm. Sie konnte seine Adresse nicht mal im

Telefonbuch nachschlagen, da sie seinen Nachnamen nicht kannte. Er war einfach Nick von Lindenhain. Seit sie ihn kannte. Der Nick von den Pferden. *Ob Nick eine Freundin hat?*, rätselte Carolin. So wie sein Kumpel vom Campingplatz? Sie nahm sich vor, all das herauszufinden. Später, wenn Sternentänzer gerettet war. Sie schob ihren Ärmel zurück und sah auf die Uhr. Vier Uhr. Noch vier Stunden warten? Niemals! Sie war viel zu aufgewühlt. Andererseits, wenn sie jetzt gleich zur Polizei ging, würden die Bullen zuallererst ihre Mutter alarmieren. Ines bekam Ärger und sie Hausarrest. Auch keine gute Lösung. Widerwillig fuhr sie zurück nach Hause. Sie kletterte in ihr Zimmer und tigerte auf und ab wie ein wildes Tier im Käfig. *Unglaublich, wie sich die Minuten in die Länge ziehen können*, dachte Carolin. Und was, wenn ihre Entscheidung falsch war? Wenn sich Frank Stone alias Jakob Heller heute Nacht – gerade jetzt – aus dem Staub machte und ins Ausland absetzte? Sie fuhr sich durch ihre Haare, knetete die Finger und zerbrach sich den Kopf. Mit jeder Minute wurde Carolin nervöser.

Sternentänzer in Gefahr

Zum Glück war Wochenende. Keine Schule. Sie lauschte von oben, bis sie hörte, dass ihre Mutter den Frühstückstisch deckte, dann schoss sie hinunter.

„Ich dachte mir, wir unternehmen heute mal was zusammen“, plauderte Ines. „Wir können zum Beispiel zusammen in den Zoo gehen. Dort soll es junge Braunbärenbabys geben. Das haben wir schon lange nicht mehr gemacht.“

Carolin sah ihre Mutter völlig entgeistert an.

Zoo? Braunbärenbabys? Seit einem halben Jahr haben wir an den Wochenenden nichts mehr gemeinsam unternommen und ausgerechnet heute, am wichtigsten Wochenende in meinem Leben, will meine Mutter in den Zoo???

Ines interpretierte Carolins überraschtes Gesicht als Ausdruck größter Freude. „Ich weiß, ich hatte in der letzten Zeit ein bisschen viel mit mir selbst zu tun. Das wird sich ändern, ich versprech’s dir. Und gleich heute fangen wir damit an!“

„Äh, Mam, tut mir Leid. Ich kann heute nicht in den

Zoo!“ Carolin beeilte sich mit dem Frühstück. Dick schmierte sie Marmelade auf ihren Toast und stopfte ihn auf einmal in den Mund.

„Gott, Kind. Iss mal ein bisschen langsamer, sonst erstickst du mir noch!“, rief Ines auch prompt.

„Tut mir Leid, aber ich bin in Eile!“

Ines sah Carolin prüfend an. „Bist du noch krank? Du gefällst mir gar nicht in letzter Zeit. Du hast Augenringe bis zu den Kniekehlen und siehst immer völlig übermüdet aus.“ Ines zog die Augenbrauen hoch, während sie sprach. Das bedeutete, dass sie keine Diskussionen duldete.

Wenn du wüsstest, dachte Carolin und konnte ein Gähnen nur mühsam unterdrücken. Lange hielt sie diesen Rhythmus in der Tat nicht mehr aus.

„Bestimmt brütest du was aus. Also, keine Widerrede. Ein gemütlicher Spaziergang durch den Zoo ist da gerade das Richtige!“

„Geht nicht, Mam! Ich … ich hab schon was vor. Es ist sehr wichtig.“ Bevor Ines etwas sagen konnte, stand Carolin auf und schnappte sich ihren Anorak. „Sehr, sehr wichtig! Ich erzähl dir alles später!“ Und schwupp, war sie zur Haustür raus.

Carolin war noch nie bei der Polizei gewesen. Verschüchtert stand sie vor dem großen, grauen Bau und überlegte. Wohin eigentlich? Es gab eine Mordkommission, so viel wusste sie aus dem Fernsehen. Ein Sonderkommando. Kommissar Rex. Alles nicht sehr hilfreich. Carolin drückte die schwere Tür auf und beschloss, dem ersten Beamten einfach ihre Geschichte zu erzählen.

Herr Dieter, Eberhard Dieter, hieß er. Das las sie zumindest auf seinem Namensschild. Er war so breit wie hoch, hatte ein freundliches Gesicht, eine glänzende Glatze, fröhliche wasserblaue Augen. Herr Dieter ließ Carolin Platz nehmen und bestellte ihr erst mal eine Tasse Kakao. Dann legte sie los und erzählte die ganze Geschichte. Nein, nicht die ganze. Sternentänzers magische Kräfte ließ sie unerwähnt. „Ich habe Stone im Schuppen bei einem Gespräch mit seinem Freund belauscht, und so den Namen Jakob Heller erfahren", log sie.

„Tja", seufzte Herr Dieter, als sie fertig war. „Das ist ja eine ganz wilde Geschichte."

Carolin sah ihm ganz tief in die wasserblauen Augen. „Sie ist wahr! Und Sie müssen diesen Tierquäler fangen, bevor es zu spät ist!"

„Aber es ist sein Pferd, oder?"

„Ja, schon, aber ..."

Herr Dieter zuckte mit den Schultern. „Tja, weißt du: Wenn es sein Pferd ist, können wir nicht viel tun. Wenn es entführt worden wäre, oder gestohlen, aber so ..."

„Und weil es sein Pferd ist, kann er es einfach so quälen?"

„Tja."

Sie sah ihn flehentlich an. „Können Sie denn gar nichts tun? Bitte, Herr Wachtmeister, bitte!!!"

„Tja, ich kann dir da wohl leider keine allzu großen Hoffnungen machen."

Carolin sackte in sich zusammen wie ein Punchingball, der einen Schlag von einem Profiboxer abbekommen hatte. Sie war den Tränen nahe. Die Polizei war ihre letzte Hoffnung gewesen. Die allerletzte.

Herr Dieter hatte dann wohl Mitleid mit ihr, denn er klatschte sich behäbig auf seine kräftigen Schenkel und drehte sich zu seinem Computer. „Dann wollen wir doch mal nachsehen."

„Wie war noch der Name? Vielleicht finden wir ja was!"

„Frank Stone", murmelte Carolin.

Herr Dieter gab den Namen ein. „Nichts. Gegen einen Frank Stone liegt uns nichts vor. Nicht mal ein Verkehrsvergehen. Scheint ein unbescholtener Bürger zu sein."

„Dann versuchen Sie doch mal Jakob Heller." Während er tippte, hielt sie die Luft an, kniff die Augen zu und drückte ihre Hände so fest zusammen, dass die Fingerknochen weiß hervortraten.

Herr Dieter pfiff durch die Zähne. „Bingo. Dein Jakob Heller scheint ja tatsächlich ein ganz schlimmer Finger zu sein."

Carolin ließ ihre Hände wieder locker und atmete so tief durch, dass die Luft fast durch ihren ganzen Körper zu fluten schien.

„Einbruch, Versicherungsbetrug, Diebstahl, da kommt eine ganz schöne Palette zusammen."

„Jetzt können wir doch was machen, oder?", fragte Carolin bange.

„Tja, so gesehen sieht die Lage wohl etwas anders aus."

Carolin juchzte, sprang auf und drückte Herrn Dieter einen dicken Kuss auf seine Glatze. „Sie sind der Beste!"

Etwas verlegen rieb sich Herr Dieter über seinen Kopf. „Moment, Moment! Nun müssen wir erst mal feststellen, ob dieser Heller und dieser Stone tatsächlich ein und dieselbe Person sind. Und dazu", er bückte sich und holte Papier für den Drucker aus einer Schublade, „druck ich dir jetzt mal unseren Steckbrief aus." Er hielt Carolin das Blatt hin. „Ist er das?"

Es war Frank Stones fieses Gesicht. Das würde sie unter hunderttausend Gesichtern sofort erkennen. Darunter stand Jakob Heller. Und es war haargenau das Blatt, das Carolin bei ihrem Ritt mit Sternentänzer gesehen hatte. Sie nickte. „Das ist er."

Herr Dieter hob den Telefonhörer hoch. „Tja, dann wollen wir uns mal an die Arbeit machen", murmelte er.

„Und was kann ich tun?", fragte Carolin.

„Du hast uns sehr geholfen, aber den Rest erledigen wir."

„Und was tun Sie?", fragte Carolin und zappelte auf ihrem Stuhl herum wie ein Fisch auf dem Trockenen.

Er grinste. „Na gut, bevor du mir hier noch stundenlang weiterzappelst, weihe ich dich besser ein."

Carolin sah ihn erwartungsvoll an.

„Die Fahndung nach Jakob Heller läuft ohnehin, doch nun werden wir ihn, dank deiner Mithilfe, auch unter seinem anderen Namen suchen."

Carolin erinnerte sich an gestern Nacht. „Auch auf den Straßen?"

„Natürlich auch dort! Tja und dann werden wir sämtliche Pferdehändler in der Umgebung unterrichten, sollte in den kommenden Wochen ein Pferd …"

„Ein wunderschöner weißer Araber mit einem kleinen schwarzen Stern auf der Stirn", unterbrach ihn Carolin.

„Sollte also irgendwo ein weißer Araber angeboten werden, werden wir zuschnappen."

„Und ich? Was kann ich tun?", fragte Carolin eifrig. „Ich könnte mich auch bei ein paar Pferdehändlern umhören …"

Herr Dieter sah sie streng an. „Das wirst du schön bleiben lassen! Dieser Heller ist gefährlich. Es ist Sache der Polizei, ihn zu fassen. Das ist nichts für kleine Mädchen, hast du verstanden?"

Carolin nickte folgsam.

„Du schreibst mir noch auf, wie du heißt und wo du wohnst, dann kannst du nach Hause gehen." Er schob ihr einen Zettel hin. „Hier!" Dann wählte er eine Nummer. „Hier Eberhard. Hallo Hermann, gibst du mal folgende Fahndung raus: Gesucht wird ein Frank Stone, ich buchstabiere … ja, ich weiß … ja, danke!"

„Und Sternentänzer?"

„Sobald wir den Herrn gefasst haben, werden wir weitersehen."

Klang ja nicht gerade besonders ermutigend. Carolin schrieb ihren Namen und ihre Adresse auf, dann schlich sie sich aus dem Zimmer.

Weil sie nicht wusste, was sie anstellen sollte und so nervös war wie eine Braut vor der Hochzeit, ging sie dann doch noch mit Ines in den Zoo. Eigentlich liebte Carolin den Zoo. Schon an der Kasse roch es nach Abenteuer, fand sie. Sie mochte alle Tiere. Sogar dicke, haarige Vogelspinnen, dinosaurierähnliche Riesenechsen und Haie – die aber nur hinter Glas. Auch die Braunbärenbabys waren allerliebst und kuschelig, doch Carolin sah überall nur Sternentänzer. Eigentlich sollte sie nun ruhig und gelassen sein und alles Weitere der Polizei überlassen, doch sie fühlte eine merkwürdige Unruhe in sich. Als hätte sie eine böse Vorahnung. Nach dem Zoobesuch versuchte sie sich mit einem Fernsehfilm abzulenken, aber die Unruhe blieb. Sie hatte das Gefühl, als ob Sternentänzer in höchster Gefahr schwebte. Als ob er sie brauchte.

Nein, unmöglich, sie hielt es nicht mehr aus. „Mam, kann ich noch kurz nach Lindenhain?“

Die Miene ihrer Mutter war undurchdringlich. Sie blätterte durch die Bunte und las Klatschgeschichten.

„Nein!“, sagte sie, ohne auch nur aufzusehen.

„Bitte, Mam!“, flehte Carolin.

Ines schüttelte den Kopf über der Zeitung. „Vergiss es!“

Verdammt! Ines machte auf eiserne Lady. „Mam, hör zu. Es ist sehr wichtig, bitte, nur ganz kurz. Ich versprech dir, ich werde künftig immer folgen. Ich werde den Rest meines Lebens nur noch tun, was du sagst!"

Wider Willen musste Ines grinsen. „Kann ich das schriftlich von dir bekommen?"

„Bitte, Mam!"

„Es ist schon spät, Carolin! Und verdient hast du's ja auch nicht gerade, so, wie du dich in der letzten Zeit benommen hast!"

„Bitte, bitte, bitte", bettelte Carolin und sah sie mit einem Hundeblick an. „Ich bleib auch nicht lange. Bitte, Mam."

Ines steckte den Kopf wieder in ihre Zeitschrift. „Also gut, aber zum Abendessen bist du wieder zurück!"

„Ich danke dir!" Sie drückte ihrer Mutter ein Küsschen auf die Backe und flitzte los.

Wie der Blitz jagte Carolin auf ihrem Rad nach Lindenhain. Vor lauter Eile hätte sie beinahe noch Herrn Maier umgefahren, der friedlich über die Einfahrt trottete.

„Nick!!! Wo bist du? Nick!" Keine Spur. *Immer wenn man ihn braucht, ist der Knallkopf nicht da!*

„Nick!"

„Hallo Caro." Vicky kam mit Marhaba von der Weide. „Gibt's schon was Neues von Sternentänzer?"

Carolin schüttelte den Kopf. „Nein, nichts. Weißt du, wo Nick ist?" In diesem Moment kam er mit der Mistgabel aus dem Privatstall geschlurft. „Was gibt's denn?"

„Nick, du musst mitkommen! Schnell!“, keuchte Carolin.

„Wohin denn?“

„Zu Sternentänzer! Zur Scheune!“

Nick verdrehte die Augen. „Was ist denn nun schon wieder?“

„Er ist in Gefahr. Ich spüre es! Wir müssen ihm helfen!“

Er hob die Mistgabel. „Caro, siehst du nicht? Ich hab zu tun! Es gibt auch noch andere Pferde auf Lindenhain, nicht nur Sternentänzer. Und es gibt jede Menge Arbeit.“

„Bitte komm doch mit, ich hab so ein ungutes Gefühl!“ flehte Carolin.

„Du und deine komischen Gefühle …“ Er zog eine Grimasse. „Deine seltsamen Gefühle haben mich in letzter Zeit ziemlich oft durch die Gegend gejagt. Und jetzt nervst du mich sicherlich so lange, bis ich nachgebe.“

Carolin verlegt sich aufs Bitten und schaute Nick flehend an.

„Bitte, bitte, Nick. Ich nerv dich nie wieder! Nur dieses eine Mal noch!“

Nick wackelte mit der Mistgabel vor ihrer Nase hin und her. „Du weißt aber schon, dass ich eigentlich fürs Saubermachen bezahlt werde, oder?“

„Wenn ich mich getäuscht haben sollte, mach ich den Stall sauber, versprochen.“

„Die nächsten fünf Wochen?“

„Sogar die nächsten zehn!“

Nick warf die Mistgabel zur Seite. „Na gut, aber wir nehmen das Motorrad!“

Je näher sie der Scheune kamen, desto unruhiger wurde Carolin. Plötzlich schrie sie auf. „Oh mein Gott, Nick, schau, die Scheune!“

Dort wo die Scheune stehen musste, stieg hinter den Baumwipfeln eine unheilvolle Säule aus grauem Rauch in die Höhe.

„Fahr schneller!“, kreischte Carolin verzweifelt.

Nick gab Gas und donnerte über Wurzeln und Büsche. Das Motorrad hüpfte in die Höhe wie ein Gummiball und Carolin musste sich mit aller Kraft an Nick festkrallen. Kurz vor der Scheune sprang sie aus dem Sitz und rannte um den Bretterverschlag herum, dem Rauch entgegen. Das lose Stroh zwischen der Scheune und dem Zaun stand in Flammen. Das Feuer breitete sich aus und kroch näher und näher an die Scheune heran.

„Was sollen wir denn nur machen?“, schrie sie verzweifelt in der grauen Rauchwolke, während sich das Feuer jede Sekunde weiter ausbreitete. Der Rauch biss in Nase und Augen.

„Sei vorsichtig, Caro!“

„Sternentänzer!“, schrie sie hysterisch. „Er ist in der Scheune, er verbrennt! Wir müssen ihn da rausholen.“ Sie fühlte ein eiskaltes Kribbeln zwischen den Schulterblättern und öffnete den Mund, brachte aber kein Wort mehr über die Lippen.

„Da vorne ist ein Bach!“, schrie Nick.

„Aber wir haben keine Eimer“, brüllte Carolin zurück.

„Zieh deine Jacke aus, halt sie ins Wasser und schlag sie dann auf das Feuer! Und halt dir das T-Shirt vor die Nase!“

Es war wahnsinnig heiß. Sie schlug und stampfte, keuchte und hustete. Die Augen tränten vom Rauch und sie triefte vor Schweiß. Unerbittlich wuchs das Feuer immer weiter. Gelbe Schwaden krochen drohend immer näher an die Rückwand des Gebäudes heran. Mit der Kraft der Verzweiflung rannten Carolin und Nick vor und rückwärts über die heiße Asche und schlugen mit ihren nassen Jacken auf das Feuer. Schon bald zeigten ihre Bemühungen erste Erfolge. Nach und nach wurden die Flammen weniger. Eine nach der anderen zischte und erstarrte und kam ganz knapp vor der Scheune zum Stillstand.

Ein Gefühl der Erleichterung überkam Carolin. „Gott sei Dank!“

Der Rauch wurde langsam vom Wind verweht, aber der beißende Geruch von nasser Asche stach weiter in ihre Nasen.

„Sternentänzer! Wir müssen ihn da rausholen!“, schrie Carolin hektisch und warf sich mit voller Wucht gegen die Scheunentür, doch sie ging nicht auf. Verzweifelt trommelte sie mit den Fäusten dagegen.

„Allein schaffst du das nie!“ Nick half ihr.

Nach drei Versuchen fielen sie mitsamt der Tür in die Scheune und sahen sich um, so gut es bei dem Qualm möglich war.

„Oh mein Gott!“, flüsterte Carolin entsetzt. „Was …? Nick?!“

Nick fluchte. „Verdammter Mist, alles umsonst!“

Panisch durchsuchte Carolin jede Ritze im Stall, obwohl es ihr klar war, dass es hier keinen Ort gab, an dem Sternentänzer sein konnte. Er war weg. Die Scheune war leer.

Carolins schönstes Weihnachten

Die Nachricht kam an einem Freitag im Dezember. Der Winter hatte sich auf die Stadt gesenkt. Fast unmerklich wurde es jeden Tag kälter. Zuerst rutschte das Thermometer nur nachts unter den Gefrierpunkt. Die Pferde auf Lindenhain staksten über gefrorenen Boden und beim Saubermachen musste man höllisch aufpassen, dass man auf den Eisflächen nicht ausrutschte. Auch das Radfahren wurde langsam anstrengend. Nicht nur, dass die Finger an den Lenker froren und sich die Nase zum Eiszapfen verwandelte, man musste auch höllisch aufpassen, wo man hinfuhr. Allerdings hatte Carolin sowieso nicht mehr viel Freude an Lindenhain seit Sternentänzer weg war. Eigentlich hatte sie an gar nichts mehr richtig Freude. *Wie viele Wochen ist es her, dass ich zuletzt auf dem Pferd gesessen habe? Vier? Sechs?* Sie wusste es selbst nicht mehr. Es war, als habe sich ein grauer Schleier um ihre Seele gelegt.

Langsam näherte sich der Heiligabend. Der Himmel war schmutzig grau, die Straßen ganz matschig vom vielen Schneeregen und die erleuchteten Läden waren mit Tannenzweigen, Glas- und Lichterketten geschmückt. Die Menschen liefen voll gepackt mit Paketen von einem Laden in den nächsten. Überall duftete es nach Lebkuchen. Alles wartete auf den ersten richtigen Schnee, denn Weihnachten ohne Schnee war wie Ostern ohne Eier, doch er kam nicht. Wenn man älter wird, erwartet man immer, dass man sich nicht mehr so auf Weihnachten freut. Es gibt die üblichen Süßigkeiten, Bonbons, Schokolade, Mandarinen, ein paar Reithandschuhe, vielleicht derbe Winterschuhe, ein verschließbares Tagebuch, klappbare Hufkratzer oder ein Halstuch mit Pferdeköpfen. Aber irgendwie überkam er einen dann doch, der Weihnachtskoller. Und am letzten Schultag vor den Weihnachtsferien gab es vor Unterrichtsbeginn wie immer nur ein Thema.

„Ich bekomm ein Snowboard zu Weihnachten", prahlte Julia. „Und einen todschicken Anzug in metallicrosa! Und in den Ferien fahren wir nach St. Moritz zum Skifahren, cool, oder?"

„Ich pfeif auf Weihnachten", knurrte Tina. „Das kann mir echt gestohlen bleiben! Meine Mutter hat mal wieder der Diätwahn gepackt. Immer an Feiertagen bekommt sie ihren Rappel, echt nicht zu fassen. Am Heiligen Abend gibt's vegetarische Küche und auf den Weihnachtsteller kommen statt Plätzchen nur Müsliriegel und Mandarinen. Echt toll! Alle anderen essen Gänsebraten und Vanillekipferl und Geleebananen und Schokoweihnachtsmänner und ich sitz da mit Blumenkohl, Kohlrabi und grünem Tee mit Ingwergeschmack …"

Luisa grinste und legte den Arm um sie. „Arme Tina! Dann kommst du einfach zu uns. Meine Mutter hat gebacken wie ein Weltmeister! Plätzchen ohne Ende!"

„Prima!" Tinas Miene hellte sich etwas auf.

„Mein Bruder bringt seine neue Freundin mit", erzählte Heike. „Valentina heißt sie und kommt aus Toronto. Ich bin echt gespannt, wie die so drauf ist!"

„Wahrscheinlich eine richtig doofe Zicke", motzte Julia.

„Und du?" Luisa stupste Carolin an, die schweigend mitgelaufen war.

„Ich? Nichts. Ich feiere mit meiner Mutter, wie immer und am ersten Feiertag gibt's Ente bei meinem Vater und seiner Tussi."

„Weißt du schon, was du zu Weihnachten kriegst?", wollte Luisa wissen.

Carolin zuckte mit den Schultern. „Keine Ahnung." Carolin konnte Weihnachten in diesem Jahr gestohlen bleiben. Weihnachten und alles andere auch. Seit jenem verhängnisvollen Abend in der Scheune hatte sie nichts mehr von Sternentänzer gehört. Immer wieder hatte sie Herrn Dieter auf der Polizeiwache angerufen. Nichts. Die Antwort war immer wieder die gleiche: „Die Fahndung läuft, du wirst benachrichtigt!" Wie wird man benachrichtigt? Schriftlich? Den Briefkasten zu inspizieren war das Erste, was Carolin tat, wenn sie von der Schule kam. An den Samstagen lauerte sie dem Postboten sogar höchstpersönlich auf. Telefonisch? Wann immer das Telefon klingelte, spitzte sie die Ohren. Nichts. Weder schriftlich noch telefonisch.

Es war, als hätten sich Stone und Sternentänzer in Luft aufgelöst. *Was ist mit Sternentänzer? Ist er tot? Lebt er? Wenn ja, wo ist er? Hat er sich bei dem Brand verletzt?* Sie konnte an nichts anderes mehr denken. Es war die Ungewissheit, die sie beinahe wahnsinnig machte. Und es war wie verhext.

Dieser Freitag im Dezember war ein Tag, an dem alles gründlich daneben ging. Anfangs. Sie hatte schlecht geschlafen, abgrundtief schlechte Laune, schon zum Frühstück mit Ines gestritten und zu allem Überfluss den Englischtest verhauen. Er war Miss Strawberrys Weihnachtsgeschenk. „Good morning, we are writing a test." Es war einer dieser Tage, an denen man nichts Gutes mehr erwartet.

Die Wandlung begann damit, dass an diesem Freitag im Dezember die Bahnschranke weit offen stand, als Carolin von der Schule nach Hause fuhr. Die Kälte piekste wie kleine Nadelstiche auf ihrer Haut. Beim Fahren hauchte Carolin Nebelwolken in die Luft wie ein kleiner Drache. Es war zwar frostig, aber die Sonne schien und Carolin beschloss, gleich nach dem Essen nach Lindenhain zu fahren.

„Hallo, Mam!" Ines war nicht da. Am Himbeeraprikosenglas pappte ein Zettel. „Bin bei der Arbeit, komme erst später, mach dir einen schönen Tag, Küsschen, Mam."

Daneben stand ein Teller mit Wurst- und Käsebroten

und ein Teller mit Apfelschnitzen und Bananenstücken. Carolin schob sich ein paar Apfelstücke in den Mund. Sie hatte keinen großen Hunger. Sie ging in ihr Zimmer und schlüpfte in ihre alten Jeans. Als sie ein paar Leckerli in die Hosentasche stecken wollte, fiel ihr der Zettel in die Hand. *In einer stürmischen Vollmondnacht schlägt ein Blitz in eine jahrhundertealte Eiche und eine Sternschnuppe fällt vom Himmel. Im gleichen Moment wird ein wunderschöner Schimmel mit einem kleinen schwarzen Stern auf der Stirn geboren. … Er verfügt über außergewöhnliche Kräfte, er kann in die Zukunft blicken. … Doch Unzählige sind an ihm gescheitert. Denn seine magischen Kräfte erfährt nur, wer sein Vertrauen besitzt.*

„Ach, Sternentänzer“, murmelte sie. „Wenn ich nur wüsste, wo du bist!“ Sie seufzte und steckte den Zettel zurück in die Hosentasche. Dabei stieß sie tief unten in der Tasche auf etwas Hartes.

„Das ist doch … mein Glücksstein!“ Merkwürdig, sie konnte sich gar nicht daran erinnern, dass sie ihn jemals in die Hosentasche gesteckt hatte!

Vorsichtig ließ sie ihr Bike die Einfahrt zu Lindenhain hineinrollen und holperte über ein paar gefrorene Pfützen.

Am Radständer kam Eulalia angestrichen und schlich um ihre Beine. Carolin nahm sie hoch und kraulte sie zwischen den Ohren.

„Na, du, hast ganz kalte Pfötchen bei der Kälte? Und deine Ohren sind auch schon tiefgefroren. Weißt du was? Ich an deiner Stelle würde mit Herrn Maier verhandeln, ob er dir ein Plätzchen in seiner Hundehütte überlässt." Eulalia schnurrte zustimmend, dann hüpfte sie von ihrem Arm und lockte sie zur Bank unter der großen Linde. Dort lag ein armes blutiges Mäuschen. Eulalia schnurrte um ihre Beine, als wollte sie sagen: „He, freust du dich denn gar nicht über mein Geschenk für dich?"

Im Stall streckte ihr Nick gleich die Mistgabel entgegen. „Endlich kommt Verstärkung", ächzte er und schob die Ärmel seines Overalls hoch. „Kannst du dich mal um die letzte Box kümmern? Wir bekommen einen Neuzugang."

Es war Sternentänzers Box. Früher. Jetzt war sie leer. Nicht einmal die Kreideschrift mit seinem Namen war noch zu lesen. Es war, als hätte es ihn nie gegeben. *Und manchmal,* dachte Carolin, während sie putzte, *manchmal frage ich mich auch schon, ob ich mir das alles nicht eingebildet habe.* Nachdenklich schaute sie sich in der Box um. Ein bisschen roch es noch nach Sternentänzer, bildete sie sich zumindest ein.

„Ratet mal, was das hier ist?" Gunnar kam mit einem Lächeln so breit wie die Pferdekoppel in den Stall und schwenkte einen Briefumschlag.

Carolin und Nick sahen ihn neugierig an.

„Deine Einberufung zur Bundeswehr?", grinste Nick. „Halt, nein, ich weiß. Die Unterlagen für das Aufgebot. Du wirst die arme Vicky endlich heiraten!"

„Sehr witzig!“

„Eine Einladung?“, riet Carolin.

„Kalt.“

„Sie haben Sternentänzer gefunden?“, setzte Carolin hoffnungsvoll nach.

Gunnar schüttelte bedauernd den Kopf. „Leider noch nicht.“

„Mach’s nicht so spannend!“, rief Nick.

„Erinnert ihr euch noch an Wildfang?“ Gunnar sah von einem zum anderen.

Nick nickte. „Klar. Du meinst diesen schwarzen Araber, der letztes Jahr hier war? Der den ganzen Hof aufgemischt hat? Der kaum zu bändigen war?“

Gunnar nickte. „Genau der.“

„Was ist mit ihm? Ist ihm was passiert?“, erkundigte sich Nick besorgt.

„Und ob!“ Gunnar wedelte mit dem Umschlag durch die Luft. „Das hier sind die Züchterprämien. Ein Sieg und vier zweite Plätze im Springen.“

Nick war platt. „Ach ne!“

„Doch.“ Gunnar klopfte Nick auf die Schulter. „Gut gemacht, Junge. Der Besitzer wollte ihn schon verkaufen, aber du hast Wildfang damals gezähmt. Dank deiner Arbeit räumt er jetzt die Preise ab.“

„Na ja“, versuchte Nick abzuwinken und bekam vor Freude ganz rote Ohren.

„Und wisst ihr, was das für Lindenhain bedeutet?“ Er beantwortete seine Frage gleich selbst. „Jede Menge Publicity. So was spricht sich schnell rum. Und das wiederum bedeutet: Mehr Gastpferde und das wiederum bedeutet: Wieder mehr Euros." Er schnaufte tief durch und sah mit ernstem Gesicht von einem zum anderen. „Ich wollt's ja nicht an die große Glocke hängen, aber die Lage ist zurzeit alles andere als rosig. Aber damit", er wedelte wieder mit dem Umschlag, „damit kommen wieder bessere Zeiten für Lindenhain!"

„Carolin, Besuch für dich! Kommst du mal runter?", rief Ines.

Es war elf Uhr abends, Carolin lag schon im Bett und war kurz davor einzuschlafen, als Ines' Stimme sie aufschreckte. *Besuch? Jetzt? Um die Zeit? Das kann nichts Gutes bedeuten.* Carolin zog sich rasch einen Bademantel über ihren Schlafanzug und stürmte nach unten. Dort bot sich ein merkwürdiges Bild. Auge in Auge standen sich Ines in ihrem Tigernegligee mit Haaren, die einem Vogelnest glichen, und ein olivgrüner Herr Dieter mit Pistole im Gürtel.

„Mam! Wirst du verhaftet?", kicherte Carolin. „Du siehst ja auch echt verboten aus."

„Unsinn", murmelte Ines und zog sich rasch ihren Trenchcoat vom Kleiderständer. „Der Herr von der Polizei will zu dir."

„Hallo Carolin!" Herr Dieter nickte ihr freundlich zu.

„Guten Tag." Ein kleines flaues Gefühl machte sich in ihrer Magengegend breit. *Ist etwas passiert? Mit Sternentänzer? Hat Stone sich gerächt?*

„Tja, dank deiner Hilfe haben wir Frank Stone heute Nachmittag während einer Ringfahndung festnehmen können. Auf der Autobahn. Du kannst unbesorgt sein."

„Gott sei Dank!" Carolin wäre dem Mann in Grün am liebsten um den Hals gefallen, so erleichtert war sie über seine Nachricht. „Geht's ihm gut? Ich meine, was ist mit Sternentänzer?"

„Das Pferd? Ja, natürlich", nickte Herr Dieter, „das hatte er bei sich. In einem Anhänger."

„Yipeyipeeyeaheeehhh!" Carolin hüpfte vor Freude in die Luft wie ein Gummiball. Doch dann hielt sie einen Moment inne. „Und wie geht's ihm? Ist er verletzt?"

„Wer? Das Pferd?"

„Natürlich!!! Wer sonst?" *Stone bestimmt nicht!*

Herr Dieter lächelte. „Gut. Alles noch dran."

„Und wo ist er jetzt?" Carolins Nerven waren zum Zerreißen gespannt.

„Auf dem Revier."

„Sternentänzer?"

„Frank Stone natürlich."

„Und wo ist Sternentänzer?"

„Noch bei uns in der Aufbewahrung. Morgen Früh werden wir ihn auf den Reiterhof Lindenhain bringen."

Jetzt konnte Carolin nicht mehr anders. Sie stellte sich auf die Zehenspitzen und drückte dem Mann einen dicken Kuss auf die Backe.

„Danke, Herr Wachtmeister! Dankedankedanke!", jauchzte sie begeistert.

„Dann ist ja alles geklärt", sagte Herr Dieter und setzte seine Mütze auf. „Ach, auf die Festnahme war übrigens eine Belohnung von 5000 Euro ausgesetzt", er machte eine bedeutungsvolle Pause, „die nun ja wohl dir zusteht."

Carolin sah ihn mit großen Augen ungläubig an. „5000 Euro!? So viel???"

„Exakt", schmunzelte Herr Dieter.

„Hast du das gehört, Mam?!" Carolin zitterte vor Aufregung.

Ines nickte. „Deine Belohnung, ja. Wenn ich auch nicht so ganz verstehe, worum es hier geht."

„5000 Euro! Und weißt du, was ich damit mache?" Carolin hüpfte auf ihre Mutter zu und schlang ihre Arme ganz fest um sie. „Ich kaufe mir Sternentänzer", jauchzte sie. „Dann gehört Sternentänzer endlich richtig zu mir! Und niemand kann ihn mir je wieder wegnehmen!" Sie verbarg ihr Gesicht im leichten Leostoff von Ines Negligee und schluchzte los vor lauter Erleichterung.

„Ähm, tja, ich werde dann mal gehen, einen guten Abend noch", sagte Herr Dieter und verschwand.

Ines strich ihr beruhigend über die kurzen braunen Haare und den bebenden Rücken. „Beruhig dich doch, Schätzchen! Wer ist denn eigentlich Sternentänzer? Ich glaube, du musst mir einiges erklären!"

„Später, Mam."

„Und warum weinst du denn jetzt? Ist doch alles wieder gut."

„Weil", schnupfte Carolin, „weil ich so glücklich bin! Ich hab gedacht, ich sehe Sternentänzer nie wieder. Und jetzt … jetzt gehört er mir."

„Schon gut, Schätzchen." Ines strich ihr zärtlich über den Kopf. „He Caro, guck mal zum Fenster raus", sagte sie dann.

„Was?" Carolin rieb sich die Tränen aus den Augen. „Wow, wie schön!"

Es schneite. Zum ersten Mal in diesem Jahr schaukelten dicke weiße weiche Flocken wie Wattebäusche vom Himmel. Der erste Schnee hatte immer einen ganz besonderen Zauber.

An diesem Freitagabend im Dezember lag Carolin noch lange wach. „Sternentänzer, Sternentänzer, Sternentänzer", flüsterte sie immer wieder und konnte ihr Glück gar nicht fassen.

Sie hatte das Gefühl, dass jetzt etwas sehr Wichtiges beginnen würde. Etwas völlig Neues. Wie Sommerferien und Weihnachten zusammen. Von jetzt an würde sie Sternentänzer jeden Tag sehen, ihn bürsten und putzen, füttern und ausmisten und reiten, sooft sie Lust hatte. Sternentänzer war jetzt ihr Pferd. „Mein Pferd!" Ein kleiner Glücksschauer kroch über ihren Rücken. *Ich werde mit ihm durch den Schnee reiten. Die weißen Flocken werden sich in seiner weißen Mähne verfangen, seine Hufe werden lautlos über den Schnee schweben. Seine Nüstern werden sich blähen und er wird hellen Dampf ausatmen, wie ein weißer, wunderschöner Drache.* Das Herrlichste aller Pferde gehörte nun ihr. „Ich hab's immer gewusst", murmelte sie vor sich hin. „Ich hab immer gewusst, dass wir zusammengehören."

Nichts würde sie und Sternentänzer jemals wieder trennen können. Nichts! Dachte sie.